中公文庫

宇宙軍陸戦隊

地球連邦の興亡

佐藤大輔

中央公論新社

A tale of the

"Rise and fall of Federation, Earth"

COSMIC COMMAND

挿画　佐藤道明

目次

宇宙軍陸戦隊

地球連邦の興亡

宇宙軍陸戦隊

七〇年もあれば大抵のものは変わってしまう。いや、変わらない方が異常だ。それはこの場所でも同じだった。

もちろんそれはある視点からの見方ではある。異なる方向から眺めるならば、なにも変わっていないのかもしれなかった。さらにいえば、その中には永遠に変わらないものも含まれているかもしれない。すなわち天国か地獄か、そのいずれかというわけだ。むろん生きてそれを知る場合、後者が圧倒的に多い。天国とはあまりにも退屈であろうから無理もない。

ハイリゲンシュタットⅣの惨劇、その直接的な原因は純粋な学究心だった。

ハイ・ヴァージニア星系のロバート・ケネディ大学恒星間生物学部がハイリゲンシュタットⅣへ送りこんだ調査団は、大気組成が地球に似ていた惑星が、地球とほぼ同じものへと環境改造《テラフオーム》された場合どうなるのかについて研究を深めるために編成され、学術ポッドで地表へと降下した。ほぼ半年前の話だ。

ハイ・ヴァージニアは豊かな星系で、ロバート・ケネディ大学も資金力のある組織だが、他星系へ自力で大気圏外離脱ができないかわりに内部容積はそこそこある学術ポッドを降ろして長期研究となるとさすがに自己資金だけで、とはいかない。

すなわちこの調査が実現したのは恒星間総合生物学部のモハド・ビン・アッバス・アル・ラーマン教授の熱意があったればこそだった。かれは学会での評価と、個人的（肉体的という者もいる）魅力を駆使してスポンサーを見つけ、ここに二〇名の若手研究者や大学院生を率いて乗りこんだ。ハイリゲンシュタットⅣが実は内戦状態にある、という事実にもひるまなかったのだから、その熱意は本物——いやそれ以上だと受けとられた。

ただしそれは過剰評価だった。惑星規模の内戦とはいっても戦闘地帯からは距離があった。仮に戦闘が近づいてきても、軍事技術面で限界のある植民星の軍隊にとって、長期滞在型学術ポッドは難攻不落の小城塞といえるからだ。おまけに研究者が古典的な心意気にかられなければ外に出る必要もなかった。探査ドローンがもたらすデータや資料を、大学の研究室と変わらぬ快適さを備えたポッドの中でにらみ、議論しているだけでいい。

しかし、冒険家的な気分をたっぷりと有していたラーマン教授は毎日のように外へ出たがったらしいし、実際に軽装備で出かけてもいた。それでも妙な病気に罹《かか》ったり事故にあったりしていなかったのは幸運なのか問題がないのか、まさにその点を判断する材料を得るための調査でもあったから、簡単には結論をだせない。

だが四週間ほど前、事態はいきなり変化した。ラーマン教授がポッドに備えられていた軽便飛行艇六機のうち五機にスタッフを詰めこんで惑星首府であるザンクト・コロリョフスカの星系政府支庁へと飛来し、自分たちの保護、現地に残されたスタッフの救出を求めたからだ。助けを求めた直接的な理由は、内戦が予想外の展開を見せたことだった。

そこまではまだいい。

しかしラーマン教授は同時に星系政府ではなく地球連邦政府への通報もおこなった。それが問題だった。内戦は連邦基本法で定められた星系限定主権内の行為だからである。つまり連邦はこれに関わらない。しかしラーマン教授は介入すべき正当な理由があると主張し、それは連邦代表部の完全な同意を得はしなかったものの、調査の必要があると考えさせはしたのだった。だがここにも問題があった。ハイリゲンシュタット星系の連邦代表部は星系首星であるハイリゲンシュタットVにあるが、人員資材ともに限られていたから、通報に応じた調査をおこなう能力をもたなかったのだ。

だがこの時、星系内には——得体はしれないがともかく便利な宇宙の抜け道、ハイゲートからあらわれた連邦宇宙軍嚮導《きょうどう》駆逐艦《くちくかん》〈島風〉がいた。

いくつもの通信がやりとりされ、連邦代表部の法務書記官と〈島風〉の法務将校と星系政府法務省の担当者が親の仇同士のような関係になったところで、ともかく〈島風〉が救難任務を担当する、と決まった。調査そのものは救難任務遂行時に必要とされる一般的な情報収集がその役割を果たすとされ、別任務として達せられてはいない。

もっとも、連邦代表部による独自の救出・調査が無理なのだから、〈島風〉が関わることは最初から決まっていたようなものではある。だが、この星系をただ通過するだけの予定だった〈島風〉が惑星軌道に入るとなると大減速が必要で、そのためには経済的な共振空胴推進機関《RCTドライブ》では追いつかず、反動推進機関が緊急用推進剤を大量に消費することになるのが事態を面倒にした。星系内で予定外の補給を実施しなければならないからだ。同時に、巡航スケジュール、予算、人事問題等々、責任をとりたがる者はあまりいない要素が積み上がっていた。

ただし、そうしたあれこれなど、他の、『とりあえずいまは置いておこう』と三者の綱引きで決められた本当の問題に比べたらどうということはなかった。

その点について気づいていた者は少なくはない。しかし口にだした者は皆無だった。最初に持ちだした者が責任をとらされかねないからだ。官僚機構において責任という言葉が猥語《わいご》の類《たぐ》いであることは恒星間植民時代においても変わりはない。

I

救難任務

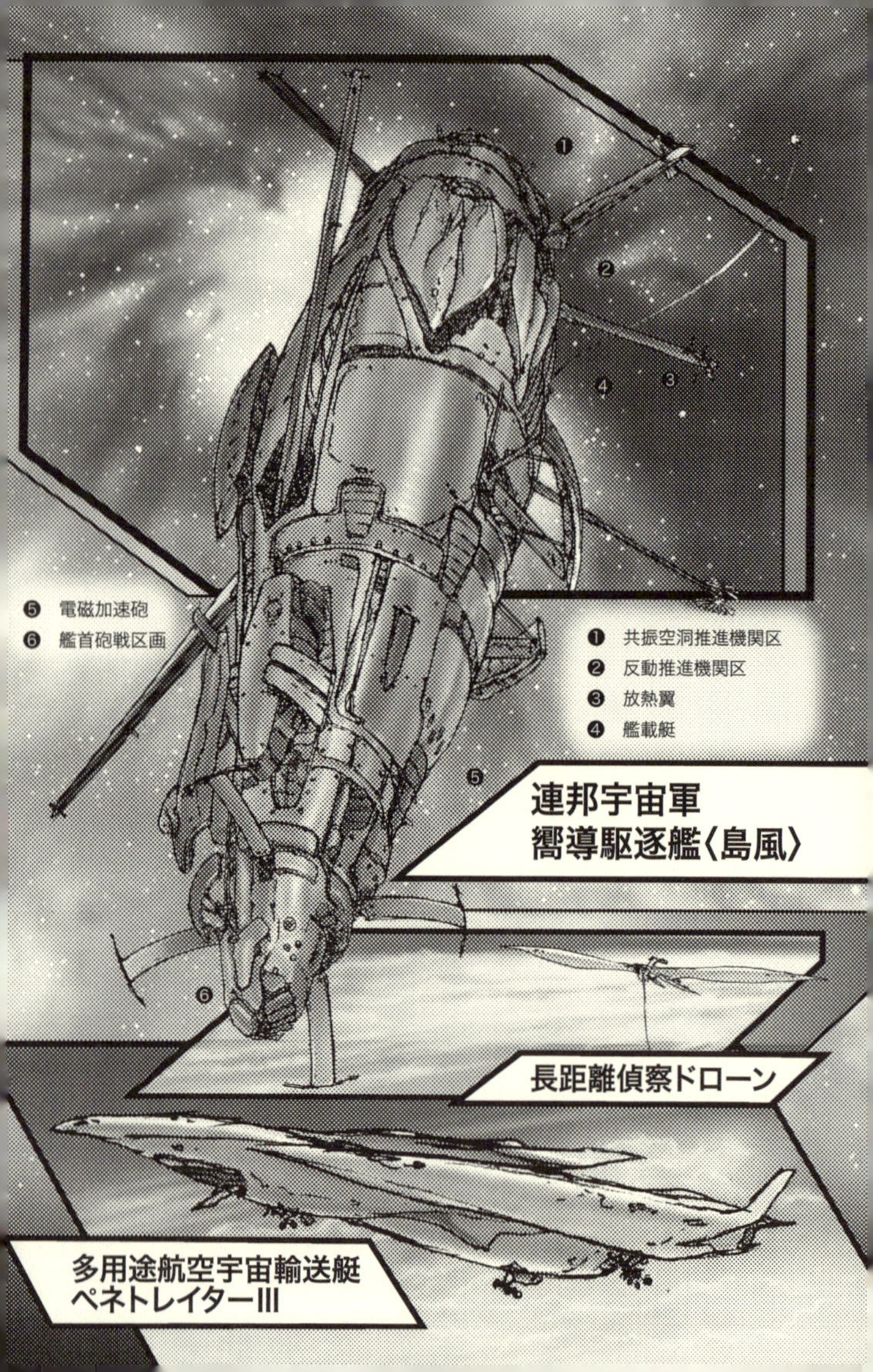

❶
❷
❸
❹
❺ 電磁加速砲
❻ 艦首砲戦区画
❶ 共振空洞推進機関区
❷ 反動推進機関区
❸ 放熱翼
❹ 艦載艇
❺
連邦宇宙軍
嚮導駆逐艦〈島風〉
❻
長距離偵察ドローン
多用途航空宇宙輸送艇
ペネトレイターIII

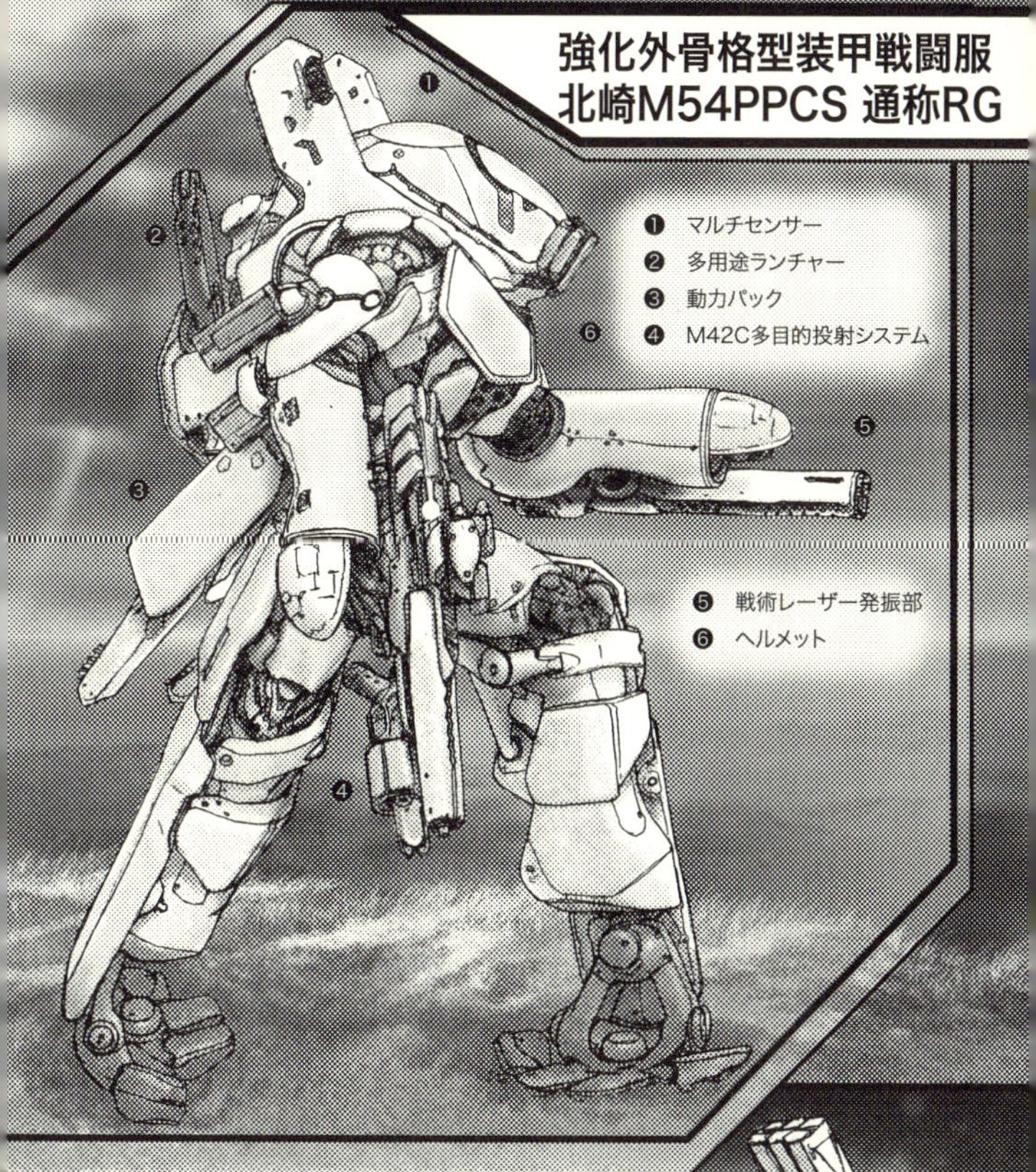
強化外骨格型装甲戦闘服
北崎M54PPCS 通称RG
❶ マルチセンサー
❷ 多用途ランチャー
❸ 動力パック
❹ M42C多目的投射システム
❺ 戦術レーザー発振部
❻ ヘルメット

兵站支援ドローン
火力支援ドローン
連邦宇宙軍所属ドローン

1

全長一〇〇メートル以上ある艦載艇は潰れた楕円形、すなわち先端が尖った植物の葉に似た平面形だ。重装備を与えられた増強中隊をまるごと惑星へ降下させられるこの艇にはＢＯＬＧ‐ＳＭＣ17多用途航空宇宙輸送艇ペネトレイターⅢという名があたえられているが、兵士たちはそれを〝葉っぱ〟とよびならわしていた。艦載艇に類別されていても、必要とされた時は戦闘艇としても振る舞える機体でもある。

惑星ハイリゲンシュタットⅣの地球化処理、つまり惑星環境改造《テラフォーム》以前からねっとりとしていた大気との摩擦熱で焼かれつつ艦載艇は降下した。艇体の角度をバーニヤや気体フラップまで動員して巧みに操り、時速三〇〇キロ程度まで減速する。突入による大気イオン化の影響はとうに失せていたから、即座にＩＤビーコンの出ている空域での周回に入った。

続いて手順どおり、何機ものＵＲＶ——無人偵察機《ドローン》を放出した。むろんひとつのタイプだけではない。太陽電池で充電しつつ延々と飛び続ける飛行型、電池が消耗してくると目立たない場所で熱電発電装置を展開して充電したのち活動を再開する陸上型の両方だった。空中と水中を自在に動き回るタイプもあるが、入手されたデータからして水中で活動させても意味は無いと判断されたため、放たれていない。なお、どのタイプも電磁隠蔽《ステルス》機能はむろん、限定的な光学欺瞞《ぎまん》機能も備えている。

目標である調査団の学術ポッドは光学観測でもすぐに発見できた。それは艦載艇の積荷――兵員室にいた一二名の男たちにも即座に伝えられた。かれらは皆、身体の線を三割増しほど逞《たくま》しくしたような、スマートな純白の鎧《よろい》をまとっている。強化外骨格型装甲戦闘服だ。北崎M54PPCSという名がある。PPCSとは個人用防護戦闘システムの略だが、だれもアルファベットどおりに発音などしない。〝ピーシズ〟と呼ばれていた時代もある。しかし兵士たちは〝ゴツイやつ〟の頭文字をとってRG《ラグ》と称しており、それがPPCSの通称になっていた。なおラグのヘルメット部は透過部分が存在しない。必要な場合は着用者の顔や階級が表面にディスプレイされる。かれらが必要とする情報は脳直接伝達装置《BDI》や、ヘルメットの内側に備えられたヘルメット内ディスプレイ《HID》でもたらされる仕組みだった。

降下中であるためアーム型拘束装置で固定されたラグの群れ、その一体だけは受け取っている情報の幅と量が他と異なっている。それを着用しているのは指揮官だからだ。地球連邦《スターミィ》宇宙軍大尉国場義昭。この、いきなりといっていい任務を命じられた嚮導駆逐艦〈島風〉艦長たる金禎一中佐が便乗者で臨時編成し、艦載艇で送りだした陸戦隊――臨時編成された〈島風〉陸戦隊――の指揮官だった。平時の軍隊では当たり前だが〈島風〉も乗員定数が四〇パーセント近く割れた状態で行動していたから、こうしたことは珍しくない。分隊にいる士官が国場一人であることも同じ理由だった。他に便乗者としての士官がおらず、〈島風〉に乗り組んでいる士官にも余裕などなかったからだ。

国場自身は大雑把にいって不幸な見かけの男だった。パワー・エリートにはほどとおい立場だというのにその一員であるように見えてしまうからだ。実は陽性の輝きを宿した瞳の持ち主なのに、細目気味なのでなにごとか企んでいるように受け取られもする。もちろんそのおかげで損もしてきた。しかし、どうせそう思われているなら、と腹を決めて行動できる男でもあったから、やはり見た目を裏切らない奴だという好き嫌いとはまた別の評価を与えている者も少なくはない。

いまもかれはそうした評価は正しいのかも、と思わせる顔をしていた。ＢＤＩとＨＩＤによってもたらされる情報、個人的な嗜好《しこう》などの影響で歪《ゆが》みが生じないよう、抵抗感が感知された場合は柔軟表現《ものはいいよう》プログラムによってそのあらわし方を変えて伝えられているあれこれを受け取りつつ、自分が指揮官として送りこまれる場所について最終的な情報確認に努めている。つまり必要とされる手順を踏んでいるだけなのだが、陰謀を企んでいるようにしか見えない。

——惑星の名はハイリゲンシュタットⅣ。地球型生命居住可能領域《ゴルディロックス・ゾーン》に二つの惑星を有するハイリゲンシュタット星系の、ぱっとしない方だ。人口は三〇〇〇万程度だが、かれが降下するヴェルトハイム（グロス・ポンメルン州の一部だ）はその中でもさらにぱっとしない場所で、地球連邦へ報告されている人口は三〇万程度しかいない。はっきりいえばとてつもない辺境だが、それも当然だった。この地方はもともとそうだったうえに乱暴にすぎる惑星環境改造《テラフォーミング》の影響を受けて、ぞっとするような湿地帯と化しているからだ。地表は泥濘《でいねい》か沼かかつて地球のルイジアナに存在した沼森《バイユー》——文字通り、森の根元が沼に浸っているような湿地ばかりであって、住民のほとんどはこの地域にある唯一の開拓都市、スヴィネミュンデに住んでいる。

むろん、内戦下だという問題もある。ちなみに内戦そのものは大量破壊につながる兵器を用いなければ連邦基本法の星系限定主権におさまるものだと解釈されるため人類領域という視点においては問題ではない。しかしその実態が〈島風〉では、つまり国場にはよくわからなかった。なにしろこの星系の首星であるハイリゲンシュタットVの星系政府ですら放置状態だというから連邦にまともな情報のあるはずがない。せいぜい、連邦が積極的に介入すべき理由はないらしい、というぐらいのものだった。実は内戦下の惑星に調査団が降下できたのも『たいしたことはない』と判断されたからだ。だが、いまや現地は『たいしたこと』になっているのは明らかだ。でなければラーマン教授が騒ぎたてるはずがない。

そして国場はそこで任務を果たせという命令を受けている。戦闘ではない。誰もが熱心であって当然と考えるもの、救難任務だ。むろんそれはいい。しかしどれほど面倒かがわからないのは、正直いって恐ろしかった。

ＨＩＤの隅に艇長の毛中尉《マオ》の顔が表示され、ＢＤＩがかれの報告を伝えてきた。

『ハンマー06、要救助対象《ロメオ・デルタ》のＩＤビーコン拾いました』ハンマー06は国場の識別呼称だ。かれの率いるささやかな陸戦隊はハンマーと呼ばれる。艦載艇はハチェット01だ。

ＨＩＤはそれを〈島風〉のばらまいたマイクロ衛星や長距離偵察ドローンのもたらした情報と重ね合わせて表示する。

沼森と、ぱっと見には草原そのもの、実際は倍力装置の補助無しでは一キロ歩くだけで疲れ果ててしまうこと請け合いの泥濘《ぬかるみ》がその下にひろがっている土地。一応は平地であるそこに要救助者《レスキュエー》がいるはずの学術ポッドは降着している。

ハイ・ヴァージニア製だけあって、ポッドは堂々たるものだった。形状は昔ながらのプリン形、円錐台《えんすいだい》状で、底部は半径三〇メートルある。上空から見える部分は純白だから、近づけば機械の助けがなくてもまず見逃さないだろう。学術ポッドの着陸によるもの以外まったく環境が破壊された様子がないのは、さすが大学の調査団というべきか。要救助者はいまそこにただ一人残っている研究者だ。

『ハチェット01、周辺情報を確認。戦術警戒ドローン《タックラー》も撒《ま》け』国場は命じた。

大気圏突入の摩擦熱もかなり失せていた艦載艇は艇体上面の射出口からカラス（絶滅を回避したどころか、いくつもの植民星系にまでその生息域を拡大している）ほどの大きさがあるドローンを二〇機ほど射出した。群知能制御されているドローンたちは好き勝手に飛びまわっているようにしか見えない動きを示しつつ捜索範囲を拡大し、衛星や艦載艇などのセンサーでは捕捉しきれないよりミクロな情報を収集していく。

たちまちのうちに、より詳細な情報がＨＩＤに表示された。

国場は喉奥から呻《うめ》きを漏らしてしまう。内戦は学術ポッド周辺も例外としていないとわかったからだ。

学術ポッドの南側はおおむね〝草原〟だが、そこには増強中隊程度の機甲部隊が展開していた。戦車《TK》や兵員輸送車《APC》、そして連邦宇宙軍では兵器体系の変化によって専用装備としては数を減らした自走砲《SPH》もいくらかいる。歩兵は移動速度や映像情報からみて倍力装置付の装甲戦闘服《PS》を着用しているようだった。いうまでもなく面倒な存在だった。しかし国場を呻かせた理由はかれらではない。北側の沼森に探知した別の集団だった。

そこには二個大隊程度の生体反応があった。ドローンの低空観測ではライフル程度の武装が確認されている。

展開からみて、かれらが南側の機甲部隊と敵対していることは明らかだ。なのにいまは戦っていない。考えられる理由はただひとつだ。学術ポッド。それ以外にない。

国場の内心にこの任務を与えられて以来はじめての焦《あせ》りが生じた。かれは自分が妙な思い込みをしていないかもう一度情報を確認し、今度は意図的な罵《ののし》りの呻きを漏らすと学術ポッドの周辺情報、その配布先を新たに指定する。三〇秒ほど待ってから呼びかけた。

『先任下士、意見だ』

ＨＩＤに額の目立つ、強い目力を備えた顔が表示された。肌は黒い。狩人そのものといっていい。とはいえそれは当然で、ミズム・パノという名を持つかれはルワンダの誇りある狩猟民、トゥワ族の末裔《まつえい》だった。ゴリラを守るために作られた自然保護区がかれらの森であったためすべてを奪われることになり、生きる意味を失って〝絶滅〟しかけた過去を持つ人々である。そのためか、連邦宇宙軍に参加した者すべてが受ける洗脳（強制意識誘導）の結果とばかりはおもえないほどパノの連邦宇宙軍《スターミィ》に対する忠誠心は強い。国場同様に便乗者だったが、いまはかれの陸戦隊、その先任下士官という配置につけられている。

『即刻降下すべきであります、分隊長』パノはいいきった。かれが考えるべきこと、また求められている意見は行動についてなのだから当然だ。なお国場が分隊長と呼ばれるのは臨時編成の陸戦隊がちょうど分隊規模であること、そして〈島風〉の内務編成として便乗者分隊の指揮官に据えられていたからだった。部隊規模としての分隊と内務上の分隊は本来意味が違うが、いまはそれを無視しても問題がない。

『交戦に陥《おちい》る危険は少なくない』国場は告げた。『だが、我々に与えられているのは救難任務だ。そして〈島風〉は間もなく即時通信圏外に達する。つまり実力行使は一般《G》待機《W》命令《O》に基づくことになる』

パノが息を呑むのがわかった。

『そいつは……実に楽しそうであります』

『ああ、まったく楽しい』国場はこたえた。

一般待機命令は連邦宇宙軍について語られるものとしては洗脳よりも議論を呼ぶことが多い。なぜなら洗脳は人類を守るためのものだという納得ができるが、一般待機命令は必ずしもそうだとはいいきれないからだった。それは指示を仰ぐべき上官（上級司令部）が近隣には存在しない連邦宇宙軍指揮官が、洗脳によってすりこまれた連邦基本法や宇宙軍法に従い直面した状況にもっとも適合した手段を執るべしとしている。もちろんこれはあまりにも広い宇宙で孤立して行動しなければならない連邦宇宙軍艦艇・部隊を地球レベルでの指揮統制概念で縛ることなどできず、また一九世紀以前の海軍をおもわせる『小分けした専制国家』的な存在として行動させるわけにもいかないからだった。民度が違うからである。

となれば、公式に発令されることもあれば、法的には『必要とされる場合は常時発令されているものとみなしうる』とも解釈される一般待機命令は疑いもなく有効ではある。道具立てだけでいえば必ず法は守られているわけだし、状況に応じた柔軟な対処が可能になるからだ。

むろん一般待機命令のこうした解釈については『要するになんでもあり』ではないか、

という批判が連邦大議会への法案提出時にわき起こった（あたりまえだ）。未だにそれが蒸し返されることも珍しくはない。地球連邦は邪魔者を、同族の反対者を殺戮《さつりく》することにより成立した組織であり、連邦宇宙軍はその尖兵であるからだった。おそらくそうしたものが理由だろう、一般待機命令は公式には発令されたことがない。その必要がなかったというより評判が悪すぎて誰も手を触れたがらなかったからである。

しかし法解釈に基づいて『みなし』としてのそれに従って行動した者は過去に二人いる。そのいずれもが罪にこそ問われなかったものの、軍を退く結果となっていた。つまり一般待機命令を頼りにすることは軍歴の終わりを意味するといっていい。

『まあ、いまのところは可能性というだけだ』国場はいった。『当面は救難任務規定に従って行動する』

『攻撃を受けたとしても、別命あるまで非殺傷対処《レス・リーサル》のみでありますね』

『部下に徹底しろ』

昔の軍隊なら守るのが大変そうなルールだが、将兵に洗脳すらおこなっている連邦宇宙軍にとってはむつかしくない。加えて物理的な制限もある。脅威対象の無力化についてその殺傷《リーサル》を含むか否かは部隊が受けている命令内容に基づいて指揮官用戦術光電算機《TACOM》（いまの場合は国場のラグ、その光電算機を意味する）の助言を受けた指揮官が下すもので、下されない限りは兵装の殺傷モードは選択できないのだった。

国場は回線を切り替え、すでに自分が統制権を得ているドローンの配置を変更した。可動時間を気にする必要はない。戦術警戒ドローンは多環境対応——すなわち宇宙空間でも空でも海でも陸でも行動可能だからだ。大気圏内では光電気化学システムで燃料《ジュース》を自製までするから、年単位で動き回る小さなモンスターなのだった。

かれは空中のドローンには主に沼森に潜んだ連中（その正体はまだよくわからない）の監視をおこなわせ、地上のドローンには地雷や着陸して問題ないかを確認させた。

情報はすぐに流れこんだ。危険は存在していた。脅威対象判定プログラムは『評価の緊急変更』、その確率を七〇パーセント以上としているほどだった。学術ポッドを挟んで対峙するふたつの勢力はそれほど面倒な存在だということだ。

しかしいまのところ、敵対行動へつながりそうな動きは見受けられない。地雷その他も着陸予定地点《LZ》から二キロ以内には見つからなかった。草原に見える大地は案の定、その下に泥濘が隠れていたが、艦載艇がスキッドを拡げていれば脚が埋まりこむこともないと艇載光電算機は判定した。ラグをつけた兵士の行動も可能だ。つまり、これ以上ためらうべき理由はない、ということである。

国場は毛艇長に安全確認の後に着陸を実施、と命じた。むろんのこと、こんな状況へ自分と部下たちを投げいれたすべてを呪いながら。

2

推力を偏向させたエンジンの噴射で地上を焼きながら艦載艇は降下した。ブラストを浴びせられた上っ面だけの草原はたちまち吹き飛び、柔らかな泥濘がむき出しにされ、抉《えぐ》られ、水分を奪われていく。艇体下面からあらわれた幅の広いスキッドがそこに触れたあと、着陸脚がぐっと沈みこんだ。同時に乾かされたはずの地表、そのさらに下へ潜んでいた泥にスキッドがめりこんでいく。まるでこの惑星は芯まで腐敗しているかのようだった。

やがて艇体前半底部がプランクトンを貪《むさぼ》る大型海棲哺乳類《かいせいほにゅうるい》（〈接触戦争〉当時、かろうじて絶滅をまぬがれている）のように大口を開け、そのまま傾斜路《ランプ》を形作った。

中から最初にあらわれたのは弓返《ゆみぞ》った薄板を三六〇度ぐるりにぎっしりと並べ、その周囲を接地面となる柔らかなベルトで巻いた八つの〝タイヤ〟で動く自律型陸戦偵察警戒ドローンだった。といってもミッション・パッケージ方式なので、全環境用として開発された車体に偵察警戒ユニットがセットされているだけだ。

車体そのものはいざという場合、兵員搬送にも用いられるからそれなりの大きさがあった。むろんいまは完全に無人であり、車体上で全方位多機能センサーを高く掲げつつ訓令戦術プログラムに従って周囲の捜索と警戒を開始している。

いつの時代においてもセンサーと対象の距離は重要だ。このときもそうだった。ドローン展開と同時に近距離から探ることで初めて明らかになったものについての情報が大量に流れこんできた。

学術ポッド北側の沼森に潜んで——というより布陣している勢力はハスをおもわせるこの惑星の原生植物でカモフラージュしていた。そんなものを活用しているということは、隠密行動を意図しているが武装と同様、関連装備が不足しており技術レベルも低いということだ。

事実、独特なカモフラージュについてのデータを得てセンサーを調整したドローンたちは大量に情報をもたらしていたけれども、ラグを身につけた陸戦隊を即座に圧倒できるような兵器は探知されていない。大集団である沼森に布陣した連中は二世紀前でも旧式といわれたような装備をまばらに持っているだけであり、ほとんどが工業技術的な意味では非武装だとわかった。

つまり避難民の類い、普通に受け取ればそういうことになる。そしてその点が国場を戸惑わせた。かれらの布陣は、必要ならば攻撃へ打って出られるものだからだ。もちろんいつでも攻撃を行える態勢の避難民など存在するはずがない。すなわち連中は避難民などではないということになる。なのにほぼ非武装なのはどういうことか。はっきりいって、わけがわからなかった。

　その印象をさらに強めているのはかれらと対峙している機甲部隊だった。

　着陸してすぐに拘束装置がはねあがり、国場たちは行動の自由を取り戻した。かれが立ちあがるとパノが後に続いたが、部下たちはまだ動かない。初めての惑星であり、ドローンが周辺の安全確保をしている最中でもあり、相争っている二つの勢力に挟まれている状態だからだ。陸戦隊の基本である着陸後ただちに艇外へという行動をとった場合、撃たれないとも限らない。戦闘任務ではなく、救難任務とはいっても一刻一秒を争う状況ともおもわれないから、周囲がこちらの存在を受け入れてから展開してもいい。

　だから国場は危険とおもわれるほど慎重に周囲の情報を確認した。それらについては部下全員に伝えられるようにクリアランスを変更する。

　すでにかれの意識には脳直接伝達装置《BDI》の伝えてくる警告が積み重なっていた。レーダー波を浴びていたからだ。航空兵器は連邦の介入を招きかねないため用いられていないはずだから、地上捜索レーダーのパルスだろう。戦術光電算機もその判断を肯定している。

　あたりまえだが、いわゆる射撃レーダーのパルスは感知されていない。射撃レーダーの発振が射撃そのものと同じ意味を持つのは二〇世紀以来の常識で、即座に反撃されても文句はいえないからだ。正直にいってしまえば、この状況ではそうしてくれた方が国場には楽だった。一般待機命令について考える必要もなくなるからだ。しかし、いうまでもなく技術的に遅れているのは非常識と同義ではなかった。いきなり射撃レーダーを向けてくる阿呆はいない。だから国場は警戒心を緩めるわけにいかなかった。

ＨＩＤにはドローンなどが捉えた周辺の映像が表示されている。

パノの呆《あき》れたような声が聞こえた。

『分隊長、連邦が内戦下の植民星での兵器保有に色々と制限をつけておるのは知っておりましたが……これは、自分にはなかなか味わい深い存在のようにおもわれます』

『同感だ、先任下士』国場はこたえた。『どうやら連中、自力で地球戦史の再放送をはじめたらしい』

ＨＩＤには重たげでさほど低いともいえないシルエットを備えたものが偽りの草原にうずくまっている様子が表示されている。捜索レーダーのパルスはそちらから放たれていた。

そこには、迷彩が施された鋼の巨体がまばらにうずくまっている。

ベルト式の履帯《りたい》を両側下部に備えた前後の方が長い直方体。その上に載せられた切り株のような砲塔。そこから前方に突きだした、古典的マチズモすら満足させるようなたくましく長い砲身。

『戦車だな』国場は呟《つぶや》いた。

『はい、戦車であります』パノはこたえた。『それも、その……』

　戦車はいまだ連邦宇宙軍も装備している。あれこれと試されたあげく、履帯《キャタピラ》で動くのは同じだ。しかしクラウス・マッファイ・メサイアなどが設計したそれは空挺降下すら可能な汎用《はんよう》高速機動兵器と化している。自走砲や対空車輛としての機能まで兼ね備えたあげく、趣味的としかおもえない設計がなされたため、強力で有用であるが艦載艇より価格が上になってしまった、という化け物だ。

　一方、いま国場たちが目にしているのは――はるか昔に絶滅したはずの鋼鉄の巨象、その純血種だった。

　確かに機動兵器の一種ではある。動き回りつつ戦うことができるだろうから。しかしその動きは連邦宇宙軍の戦車にくらべればのろのろとしたものだろうとおもわれたし、戦術光電算機もそれに賛成している。

　おまけに――備えられている主砲はどうみても実体弾式だった。おそらく発砲炎を感知すると同時に光電算機がおこなう自動回避でよけられる程度の初速でしかなかろう（近距離以下になればまた別だが）。

　要するにあの〝戦車〟は地球においては二〇〇年ほど昔に滅びたウェポン・システム、歩兵戦車なのだ。歩兵の陣地攻撃を支援する、動くトーチカ。装甲の材質で色々と変わってはくるだろうが、兵士たちが手にしているM42C多目的投射システム《MPS》なら一〇キロ先からでも撃破が可能なはずだ。というより周囲を動き回っている偵察警戒ドローンを戦闘モードにしてしまえば〝戦車〟が一発も撃てないうちに全滅させられるだろう。

『分隊長、よろしいすか』いきなり発言の許可を求めてきた兵がいた。ロミュロ・ケザダ伍長《ごちょう》。本来ならどこかの星系に配備された哨戒艇隊に送られる予定だった。

国場は兵員情報を確かめた。うへっ、とおもう。ミリタリーマニアらしい。しかしはねつけるつもりはない。マニアは大きな絵については理解できないが、個別の情報については専門家すら圧倒されることが多い。

『いってみろ』かれは許可した。

『あの戦車――あれ、昔の重戦車と同じだと思います』ケザダはいった。

『歩兵戦車だろ？』国場はいった。

『あ、分隊長もお詳しいですね』ケザダはマニアが〝仲間〟を見つけた時に特有のうれしげな声をあげた。要するに異星人ばかりの惑星で地球人と出会ったような態度だ。

『ですが、ちょっと違いまして』ケザダはいった。『もともと歩兵戦車として作られたのだとしても、現実には機動的に運用されてるんだとおもいます。あのあたりはいくらか乾いた地形だといっても普通よりは軟弱な地盤であることに変わりはないでしょうし。おそらく見かけよりもよほど機敏に動けるんじゃないかと。第二次世界大戦でもパンツァーカンプヴァーゲ――』

『あ、細かいことはいい』国場は制止した。かれも火のついたマニアが始末におえなくなることぐらいは知っている。『現状の想定機動性能は路外で毎時一五キロだが、それでは遅すぎると考えるべきだな？』

『自分はそうおもいます』ケザダは頷《うなず》いた。

『とはいえ三〇キロだと行き過ぎだろう。二五キロとする』国場は想定性能を修正した。単なる当てずっぽうではない。衛星の角度が悪く、軌道上から得られる情報では分析のむつかしかった轍《わだち》の深さが明らかになっていたからだ。それに基づき、光電算機はあの〝戦車〟の想定機動性能を一〇～二五キロとはじきだしている。つまり国場は最大値をとったのだった。

　最後に全員のバイタルサインをざっと確認したかれはパノ軍曹へ片手をあげた。いまの状態で確かめられることはもうない。となれば、行動の時間だ。

『よーしお嬢さん方、お仕事の時間だ』パノは命じた。『ナカジマからいけ。外に出たら全周防御。分隊長に恥をかかせるな。ええか！』

　兵士たちは鬨《とき》の声をあげ、一斉に傾斜路へと向かった。

　傾斜路を降りた兵士たちは一歩進むたびにラグのくるぶしより上までが泥に埋まることに気づいて一様に罵りを漏らした。といっても着用者の心理を常にモニターしている各自のラグ、その光電算機はそれを外部へ伝えるべき情報ではないと判断する。それに、倍力装置のおかげでかれらの動きは営庭《えいてい》を歩いているかのように軽快だ。つまりかれらは初めての異星においてもためらいとは無縁のプロフェッショナルな兵士として行動しているように演出されていたし、またそれはまったくの嘘ではない。連邦宇宙軍将兵は艦隊と陸戦隊を行き来しているから、国場を含む全員が陸戦隊にいた経験を持っているためだ。嘘があるとするなら、〈島風〉陸戦隊がでっちあげられた時点のかれらは全員が艦隊の所属だったこと、便乗者であるため部隊行動の経験を持っていなかったことだった。しかしそうであっても旧時代的な意味におけるにわかづくりの陸戦隊とイコールではない。編成発令後に全員が睡眠学習を施され、様々な戦場における惨烈な戦闘、そのシミュレーションを経験しているからだ。シミュレーターの訓練効果は二〇世紀後半、ことに航空機搭乗員の訓練で明らかになっていたように、驚くほど高い。そして現在のそれは『現実との違いは人が死なないことだけ』といわれるレベルへ達していた。

むろん完璧ではない。戦場は『想定外』の別称といっていいし、〈島風〉の光電算機にはハイリゲンシュタットⅣでおこりうる戦闘すべてをモデリング可能なデータが存在してはいなかった。もともと彼女は警備巡航（地球連邦は植民星系を忘れていない、という政治的ポーズのために行われることが多い）の一環でハイリゲンシュタットという田舎星系へゲートアウトしただけで、ただ通過してしまう予定だった。もちろんここにも連邦の情報衛星は配備されているが、星系政府自体がまともにつかめていないハイリゲンシュタットⅣの現状を完全に把握できるはずもない。なのに運悪く〝助けてくれ〟が持ちこまれ、それは星系政府の熱意、連邦代表部の能力を越えていた。かくして〈島風〉は急減速をかけて推進剤をあらかた使い尽くし、にわかづくりの陸戦隊を降下させたあと、のろのろと補給施設のあるハイリゲンシュタットⅤの軌道へ向かうことになったのだった。

兵士たちのあとから火力支援ドローンと兵站《へいたん》支援ドローンを送りだすと傾斜路は閉じられた。以後、艦載艇は緊急事態、それこそ一般待機命令に基づくなにかが生じない限り、救難行動以外には反応しない。植民星での不用意な介入による事態の悪化を避けるための一般的な措置だ。

むろん内戦が激化しているらしい惑星でそれはどうか、という疑問はある。

しかし学術ポッドに向けて進んでいく国場たちにはその昔、東南アジアのジャングルをパトロールしていた兵士たちほどのプレッシャーを感じていない。何機ものドローンが情報を届け続けているからだ。少なくともどこかにいるスナイパーにいきなり頭をぶち抜かれることだけはない。兵士たちがそういう存在を恐れていた時代は、もはや連邦宇宙軍に関する限り昔話になってしまった。

銃声はかすかなものだった。しかしドローンとラグのセンサーはそれを捉えたし、光電算機は即座に弾道と着弾予想位置を算出する。それは国場のすぐそばではあったが、この射撃が積極的な攻撃ではないだろうことも明らかになっていた。このため、泥に勢いよく伏せつつ構えられたM42のセイフティは解除されず、反射的にトリガーを絞っていた兵士たちは罵り声を漏らすこととなる。そんなかれらに戦術光電算機は次のようなメッセージを送りつけた。

威嚇《いかく》。威嚇。スポーツ射撃用実体弾。おそらく民間用7・62ミリ（.306）口径。着弾位置は連邦宇宙軍威嚇射撃規定に合致。発砲者はおそらく軍役経験あり。威嚇。威嚇。

国場は左手の拳《こぶし》を掲げた。異星の泥まみれになってしまった兵士たちはぶつくさと、しかしはっきりとした安堵を覚えつつ立ち上がった。もちろん銃口は下げている。このときかれらは、ポッドの外扉が開放されていること、そのすぐ内側に人体の反応があることも伝えられていた。

『ポッドの人。威嚇射撃だというのは承知しています』国場はスピーカーで呼びかけた。『我々は地球連邦宇宙軍《スターミィ》です』

応じたのはオペラにでも出演させたくなるようなアルトだった。紛れもない大人の女の声だ。

「わかっているわ、そんなこと」彼女の声はスピーカーから響いたのではなかった。マイクを通さない、なまの響きだ。このため宇宙空間や〝安全ではない〟大気のもとではエアロックとして機能する小部屋で立ちあがった者の姿が見えたとき、兵士たちは驚きこそしなかったものの――反射的に口笛を吹いた者は何人もいた（国場はその例外たるべく努力し、かろうじてそれに成功した）。

女だった。それなりの長身。小顔で、整っている、というよりは肉食獣のようなスマートさをそなえていた。見事な赤毛を短く整えている。肢体《したい》のバランスも口笛の対象となるにふさわしい（むろん伝達はカットされたが）。彼女はその見事な身体を作業用ジャンプスーツに包んでいるだけだった。ブーツは実用的な、重たげなデザインだ。

『あー、その』

国場がいいかけると彼女は素早く遮《さえぎ》った。

「女の名前を尋《たず》ねたいなら、まず自分が名乗るべきね」

なるほどね、と国場はおもった。いいさ、伝統主義者は嫌いじゃない。ことに女性の場合は。かれはさっと敬礼しつついった。

『失礼しました、マム。自分は連邦宇宙軍所属、国場義昭大尉であります』

「ご丁寧にどうも。わたしはヴルフェンシュタイン。ウルスラ・ヴルフェンシュタイン博士。ロバート・ケネディ大学ハイリゲンシュタットⅣ調査団の一員です――ああ、一応お伝えしておくけれど、ここの大気は直接呼吸しても問題なくてよ」

『はじめまして、博士。それで』国場はたずねた。『なぜ我々に対していきなり威嚇射撃を加えたのか、ご説明いただけないでしょうか。我々は連邦代表部と星系政府の要請を受けて、おそらくはあなたのことであろう〝現地に残留している研究者〟を救出に参ったのですが』

「昔、将校《オフィサー》と紳士《ジェントルマン》は同義語だとされていた」彼女はこたえた。「それがいまも通用するのであれば、あなたの言葉を疑っているわたしは非常識な女だということになる」

『あなたを罵りはしませんよ』国場はこたえた。『どうもちょっとその、このあたりでは現地の人たちがいざこざを好んでいるようですので。あなたのご気分が昂《たか》ぶっても無理はないかとおもいます。ちなみに自分が紳士であるという自信はありませんが、軍にいる限り連邦宇宙軍軍人として受けた洗脳はわたしを拘束します』

　ウルスラと名乗った女は黙りこみ、国場を見つめた。かれはおもった。意志の強そうな灰色の瞳だ。しかし疲れがあらわれてもいる。当然だ。周囲を相争う二つの軍隊に囲まれて何週間も過ごしていれば。誰でも疲れ果ててしまうだろう。問題は、なぜ彼女がそうなっているかだ。

「あなたは――違うのね？」彼女はたずねてきた。「あなたの受けた命令はあくまでもわたしを救出することで、モハド……ラーマン教授の一方的な言葉を信じたものではないのね？」

『あなたがなにかを非常に案じておられるのはわかりました』国場はこたえた。『しかし、おっしゃるとおり我々は連邦代表部と星系政府――ほとんど代表部だけですが――の要請で動いています。ラーマン教授については任務概要の添付資料に記載されていた名前、という以上の意味は持ちません、自分にとっては』

「ああ」

　彼女はぐったりと壁にもたれかかった。

「あなたには説明しなければならないことがたくさんあるの、大尉さん。ただわたしを助けていただくという行為についてばかりではなく」

『喜んでうかがいますよ、博士。その、この場はいささか緊張した状況のようでありますが』

「お嬢さんと呼ばれても怒らないわ、わたし。もしあなたが公平に振る舞えるのであれば」彼女はこたえる。やおら姿勢を正すと、歌いあげるような声で続けた。

「わたしは市民の一人として連邦宇宙軍に助けを求めます」

『我々はすでにあなたを救い出せという命を受けておりますが』

「ああ、ご面倒をかけて申し訳ないのだけれど、わたしがあなたに求めているものはその程度では済まないこと。〝助ける〟といってもわたしについてではなく、この惑星すべて、あるいは地球連邦そのものにも関わりかねないこと。大げさにいっているつもりはありません――ええ、きっとそうだとおもう。もうご存知かもしれないけれど、なにかの材料になるかもしれないので付け加えます。わたしはかつて連邦宇宙軍士官でした。階級は中尉」

『古代ローマの女剣闘士もかくや、ですな！　あなたの華やかなりし日々の詳細についてはのちほどうかがうとして、どのような件について我々の助けを必要とされているのでしょうか』国場は質問した。

「人類を救うことです。七〇年の呪《のろ》いがかけられた人々を。ただし、かれらは連邦市民としての登録を受けていません。かれら——すくなくともその一部はこのポッドに逃げこんでいます」ウルスラはこたえた。

　さすがに国場は面食らった。色々と確かめるべきことがあるようだ。かれは小さく咳払いをすると疲れ切った美しい女性学者に告げた。

『ならばまず、七〇年の呪いについてご説明いただかないとなりません、はか——』

「ウルスラ」彼女は不快ではない遮り方をした。「ウルスラと呼んでくださっていい。ポッド内ならその物騒なラグを脱ぐこともできるとおもうわ」

『ありがとう、ウルスラ』国場はこたえた。『率直にもうしあげるなら、あなたのような方と鎧を身につけたままお話をするというのは——内心まことに忸怩《じくじ》たる気分でしたよ、男子として』

　むろん本音ではどんな美女が相手でも脱ぎたくはなかった。かれの直感は、自分が最悪の罠《わな》へはまったのだとささやいていたからだ。

II　パンツァー・コマンド

Pz56C ローアカッツェ中戦車

ホルツビネン自走砲

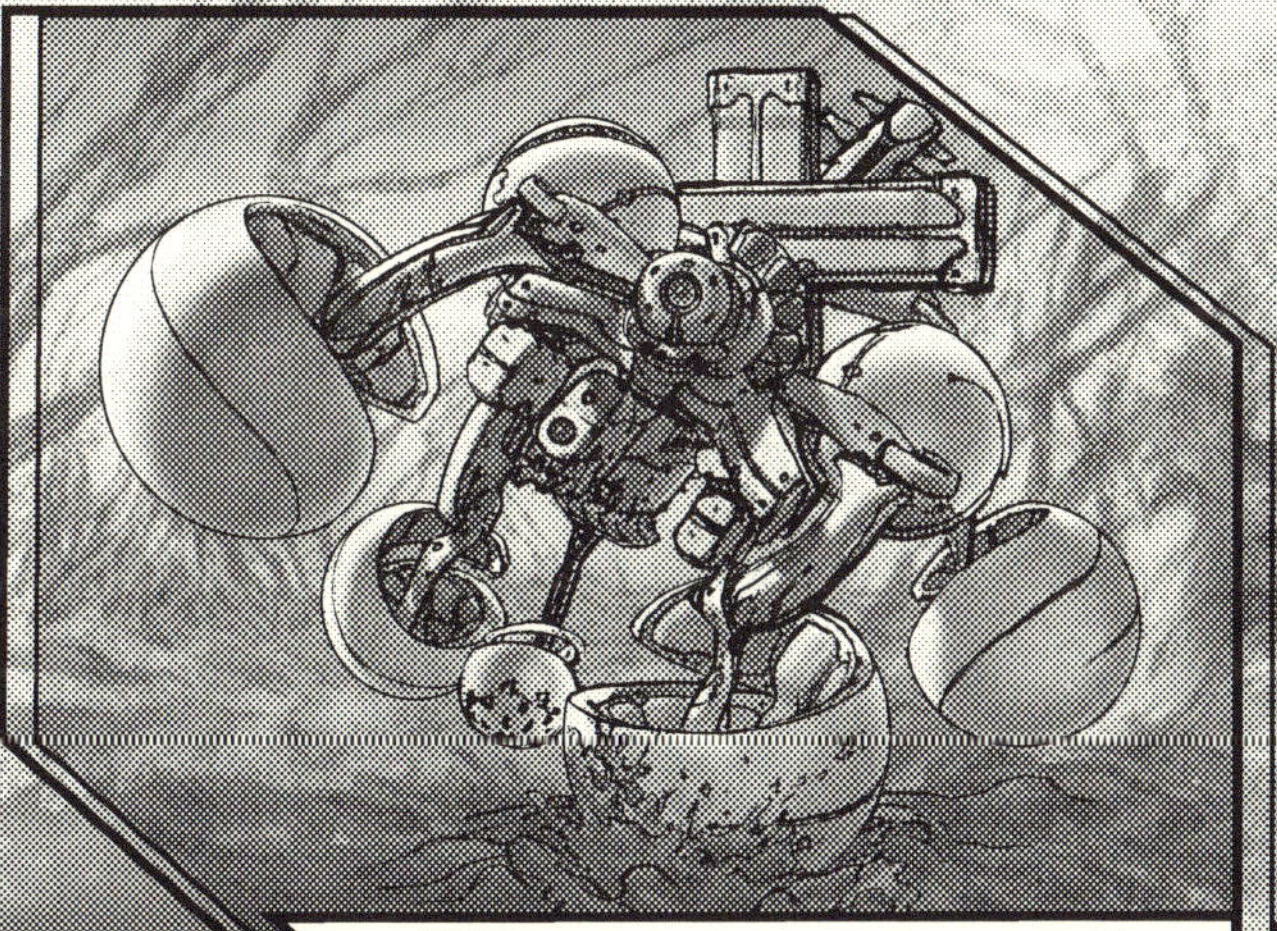

戦闘ドローン　メンシェンイェーガー

偵察警戒ドローン　ケッテンフンド

1

静止軌道を周回している気象衛星が壊れてしまうと誰もが迷惑する。直したり、かわりの衛星を配備したりするのにはそれなりの手間と予算が必要だからだ。その惑星が内戦状態に陥っていればなおのことである。ことに、ハイリゲンシュタットⅣのようにもともとの対軌道管理《AOMC》能力が限られていて、内戦を理由として地球連邦が高度技術の供給（軍用航空汎用技術もそこに含まれる）に制限をかけているような場所はひどいことになる。技術的には二〇世紀中葉程度の気象予報技術になってしまうからだった。

となると過去の気象データの地道な積み上げと継続的な惑星内観測の実施が必須になってくるのだが、ハイリゲンシュタットⅣにはそのいずれもない。それを可能にする人材もいなかった。

結果として、この惑星の気象予報技術は近世どころか中世以前のレベルにまで後退していた。おまけに、連邦の実施したテラフォーミングは控えめにいってもとてつもなく乱暴なものだった。

地球連邦の植民惑星についてのテラフォーム規準は旧時代の環境論者が知れば発狂しそうなものだ。

　そもそもテラフォーミング・システムの技術全般はかつて地球へ来襲し、なにもかもを無茶苦茶にしたあとで人類へ恒星間文明のベーシック・セットを引き渡した異星人〈ヲルラ〉から得たものだった。すなわち技術開発でもっとも大変といっていい基礎研究開発どころか、製品化レベルまでの経費がかかっていない。おまけに自己増殖型マイクロマシン（かつてのマイクロマシン、ナノマシンといった区分を統合したもの）の果たす役割が大きいから、計画実行時の初期投資費用も大したことにはならなかった。

　かてて加えて――地球連邦のテラフォーム政策は人類がこの宇宙で生きていける場所を増やすことだけを目的にしている。

　結果、呆れるほど乱暴なテラフォーミング実施規準が策定され、実行に移されていた。五年間の調査で高等知性体が存在していないことが確認され、システム展開から五〇年以内に補助具無しで呼吸が可能と予測されてしまえばテラフォーミングは強行される。〝充分な研究の後〟などといっていたら一〇〇〇年過ぎても無人ユニットで観測しているだけになりかねないのだから当然ともいえたが、それは〈接触戦争〉によって人類の常識がどれほど変化したのかを教えてもいた。

　ともかくそれは〈接触戦争〉後段、〝第三次世界大戦〟と呼ぶ者もいる戦いで自ら母なる惑星の表面、その少なからぬ部分を蒸発させていなければ実現しなかったに違いない政策でもあった。そもそも日英米連合による大規模核使用自体が、『〈ヌルラ〉の技術を用いれば放射性降下物《フォールアウト》の影響や核の冬を早期に解消できる』というプラグマティズムの暗黒面を体現するような判断によって実現したものだから、いまさら綺麗事を口にする資格は誰にもなかったからかもしれない。

こうしてハイリゲンシュタットⅣにもその強引とも無茶ともいえるテラフォーミングが実施されることとなった。惑星のあちこちに降下したテラフォーミング・ユニットは総体として並列処理を行いつつ、そこを人類が過ごせる環境へと作り替え、無数のマイクロマシンを散布し、多くの原住生物を絶滅させていったのである。むろんすべてが死に絶えたわけではなく、ある意味で小惑星の衝突以上ともいえる環境激変へ急速に適応したものもあった。それはテラフォーミングの際にまき散らされたマイクロマシンの影響でもある。地球連邦によるテラフォーミングは原住生物の改変による疑似地球生物化を計算に組みこんでいるという意味では徹底していた。ただし所詮は異星生物であるから、要するに化け物をつくりだしているだけだという批判を受けている行為であり、またそれは一面の真実でもあった。

かくてハイリゲンシュタットⅣは独特の薄気味悪さを備えた場所へと変貌した。タフな、いや、タフすぎる改変された原住生物、勝利の見こみこそないもののあきらめなどしないテラフォーミング以前の惑星環境、そして異星からの侵略者である人類がともかく生きてはいける場所が入り乱れた環境のキメラがそこにはある。改造された惑星の気象が完全に落ち着くには五〇〜一〇〇年程度はかかるといわれているのだが、ハイリゲンシュタットⅣでテラフォーミングシステムが作動を停止してからまだ二〇年ほどしか過ぎていない。そのような場所で古典的な気象観測をおこなっても、せいぜいのところ不確かな短期予報が可能になる程度だし、その予報の精度も疑わしい。

ひどい雨は衛星軌道上から連邦宇宙軍《スターミィ》の降下艇が降りてきて一惑星標準時《PST》ほど後に降りだした。

雨は二時間《PST》前にようやくあがったが、それは視界がいくらかましになったというだけのことでしかない。そもそもこのあたり——グロス・ポンメルン《ポマン》自治州は年間を通じて高温多湿もいいところだからだ。そのなかでもこのヴェルトハイム地方はことさらにひどく、ありていにいえば魔女の大釜じみている。

降り注いだ雨のおかげでもともと軟弱だった地面は自分の足で踏みだせば膝まで埋まるような有様だし、有害な——少なくとも普通の人類にとってはろくでもないものに満ちた沼森《バイユー》は悪魔でも住処《すみか》にするのはためらうような靄《もや》に満ちている。すなわち、常識的にいえばよほどの物好き以外、入りこむことなどない場所といっていい。たとえ開けた原野部分でもそうだ。

だがこの時期、その悪夢じみた場所には二〇万ほどの地球にDNA上の起源を有するものたちが入り乱れていた。むろん史上初めてだ。その必要があると判断された、というよりいつのまにかそうなっている。理由について詳しく語ればきりはないが、大雑把にまとめられないこともない。要するに戦争なのだが、その実際にはさまざまな側面があり、戦史研究家たちの簡明かつ知性にあふれた記述では説明しきれない現実も存在していた。


やがて夜がやってきた。空には小さくいびつな月が白く浮かんでいる。長い尾を左右に振ってバランスをとりつつ飛ぶ、ひどく嘴《くちばし》が長い鳥の影も見えた。地上はただ闇に沈んでいる。

『ブランシュ、なにか拾ったか』

カール・テオパルト大尉は衝撃吸収素材製の、どことなく頼りなげな戦車帽《シュッツムッツァ》と組み合わせたヘッドセット、そのマイクに告げた。

かれは面長の、秀麗といってよい貴族的な面立ちの持ち主だ。しかし顔色は紙のように白い。降雨の後のねっとりとした蒸し暑さ、おまけに人類にとってはけして違和感の失せることがない生臭さを常にたたえている大気のおかげでその肌は脂っぽく濡れ、衣服もじっとりと湿っていた。それでも上半身だけをPz56Cローアカッツェ中戦車の車長用展望《コマンダーズ・キュー》塔《ボラ》から出しているのはどれほど優れたセンサーでも肉眼には及ばないと信じているからだ。その手には、あやしげな場所を即座に見極めるために用いるニコンの多機能眼鏡が握られている。かつて〝自然観察用〟という名目で輸入されたものだった。

『車載センサーの反応はさきほどよりむしろ弱まりました。〝カクテル〟どもめ、地球《エルデ》野郎《バスタード》があらわれたので逃げ腰になったようで』砲手であるブランシュが応じた。かれが見ているもの——ヘッドセットに固定して用いる防護バイザー《マルチシールド》に投影されている情報はローアカッツェのセンサーがかき集め、現実の情景に重ねた混成現実《ミックスド・リアリティ》方式の表示だ。

テオパルトは跳《は》ねあげていた自分のマルチシールドをおろして部下の報告を確認した。肉眼であたりを、すなわち〝空気〟を感じておけば、センサーのもたらす情報についてまた別の見え方が成り立つからだ。

　確かにブランシュのいったとおりだった。カクテル——かれの敵は後退しつつある。

(いかな奴らでも地球連邦の不興《ふきょう》は買いたくないわけか)

とかれはおもった。なにをいまさら、という気分だ。

しかし地球連邦の怒りを買うわけにいかないのはかれも同様だった。

テオパルトは視線を宇宙からいきなりあらわれた新たな面倒の源に向けた。舌打ちする。マルチシールドに付加されるはずのセンサーがもたらした情報が未確認と分析不能だらけになったからだ。はっきりしているのは〝地球連邦宇宙軍艦艇〟、〝地球連邦宇宙軍装備〟、

〝地球連邦宇宙軍兵士〟という大雑把にすぎる区分だけ。むろん機械の故障ではない。ある程度の電子・光学妨害がおこなわれているからだ。夜だから、各種センサーを用いてもその程度の情報しか得られないことは恐怖そのものといっていい。

　唇を噛みしめたテオパルトはこの惑星に属するものでないのは同じだが、情報を得る妨害などしてこない相手へ顔を向ける。たちまちマルチシールドには様々な付加情報が表示され、目前の光景を、整理された情報という意味において豊かなものへと変えた。

　五キロほど先に与えられた任務の目標、その一部が存在するだろう場所が見えている。学術ポッドだ。それは衝突防止灯《アンチコリジョンライト》に加え、周囲二キロほどを夕陽のような弱さと柔らかさで照らしている外殻照明部《ハルライト》の機能によって夜から浮き上がってみえた。ハルライトは本体から外側へ突きだした状態で光を放っている。

　マルチシールドはその姿を自動的に拡大した。底部が直径六〇メートルほどにもなるだろう円錐台型《プリン》をした純白の学術ポッドだ。真っ白なポッドが発している識別波を人間が理解できる形へと変換したものが融合英語で表示されている。ロバート・ケネディ大学学術調査隊。ハイリゲンシュタット星系政府公認であることも確認できた。

　つまり本来なら手出しはできない。ハイリゲンシュタットⅣ正統人類連合《ALH》政府は自分たちを星系政府の正統な地方政府であると自任しているからだ。星系政府は基本、プライヴェートな団体としかみなさないし、ＡＬＨ内部にそう考えていない者たちが多数いるのは確かだが、ともかくＡＬＨはそう主張しつづけている。

しかしいま、テオパルト大尉はその点での綱渡りを強いられていた。あのポッド自体は作戦上の目標ではないが、その内部へカクテル――ハイリゲンシュタットⅣ自由生態党軍《FHP》の一部が逃げこんだとわかっているからだ。

敵であるからには殲滅《せんめつ》しなければならない。

それは地球連邦が人類領域全体にひろめた恒星間文明時代の新常識であると同時に、テオパルトのようなＡＬＨ党員にとってはそれ以前の問題ですらある。かれとかれの部下たちはＦＨＰの連中がどれほどの惨禍をこの惑星にもたらしたか、政治的プロパガンダなど必要がないほどに知り尽くしていた。ＡＬＨはけして優位に立っているわけではないからなおさらだ。

しかしいま、地球連邦宇宙軍があらわれたおかげで問題は三重の意味で面倒になってしまった。

もともとはあの学術ポッドにいる者へ礼儀正しく語りかけ、カクテルどもの引き渡しをもとめる計画だった。もちろん武器をちらつかせつつ。だからこそ司令部は充分とはいえない前線の戦力から学術ポッドにとっては脅威であろう戦力を有するテオパルトの部隊を引き抜き、ここに向かわせた。

しかしそれはＦＨＰ軍を過剰に反応させることに繋がった。テオパルトの部隊がここに到達した時にはすでにカクテルどもが沼森のなかで薄気味の悪い鳴き声をあげはじめていた。センサーの感知したその兵力はかれの部隊だけでは対処しきれるかどうか迷うほどのものであり、かといってただ引きあげるわけにもいかず、一度だけ学術ポッドへ通信したあとは身動きがとれなくなってしまった。司令部にはむろん報告しているが、あちらもどうしたものか迷っているようで、〝監視を継続し、機会を捉え次第、本来の任務を遂行せよ〟という命令としてはどうかとおもわれる内容の返信がもたらされただけだ。

　そしていま、地球連邦宇宙軍まであらわれた。内戦そのものは連邦基本法の星系限定主権内におさまる行為だから心配する必要はない。しかしあの学術ポッドを巻きこんでなにかをしようとしたら、地球人類が銀河をじわじわと汚す時代の尖兵として振る舞ってきたかれらは容赦《ようしゃ》なく牙《きば》を剝《む》く。たとえ同族であっても。そもそもかれらは地球の三分の一を反応兵器で蒸発させることでその存在を確立した組織だからだ。

　テオパルトはむろん連中についても司令部へ報告した。かれらがそれをどうおもったかは新たに届いた命令文を一瞥《いちべつ》するだけで充分だった。監視の継続については相変わらずだが〝本来の任務を遂行せよ〟はきれいさっぱりと消え去っていたからだ。

　もう一度だけ学術ポッドへ呼びかけてみるべきか、テオパルトはおもった。別に応答してきた研究者がいい声をした女だったことばかりが理由ではない。通信することで、降下してきた連邦宇宙軍についてなにか情報を得られるかもしれないからだ。

が、かれが決断を下す前に、戸惑い、弱り果てていただろう司令部が決断を下してきた。

『猟犬《ヤークトトント》6、猟犬6、槍騎兵《フーザァ》1、送れ』

ヘッドセットのレシーバーが割れた音を響かせた。一応は暗号化されているが、地球連邦宇宙軍があらわれたいまでは平文のようなものといっていい通信。テオパルトの第二一戦車中隊を隷下《れいか》におさめたコンラート戦闘団本部《カンプグルッペ》からだった。声というより口調からして、戦闘団指揮官のオイゲン・コンラート大佐本人らしいとわかる。

『猟犬6、受信。送れ』テオパルトは応じた。

『状況に変化はあったか、カール』古くさい光電算機が本人確認を済ませたからだろう、コンラート大佐は通信規則を脇に置いて質問してきた。

『カクテルどもは撤収しつつあります。地球野郎は……腰を据えたようにおもわれます、大佐』テオパルトはこたえた。『むろん御命令あり次第、行動に移りますが』

『部下に自殺を命じるのは指揮官の任務じゃない』コンラート大佐は応じた。『貴様の手元に偵察警戒ドローンは残っているか？』

『〝犬ころ《ケッテンフンド》〟が三機。一時間前の報告ではすべて動くと』

『有り難い』コンラート大佐はあきらかにほっとした声で応じた。『カール、貴様はとりあえずドローンを監視に残してそこを離れろ』

『御命令とあらば。ああ、その、意見具申の許可をいただきたいのですが？』

『ただ尻尾を巻くのが気に入っておらんのは俺も同じだ。しかし他に手がない』

『それは……』

『スヴィネミュンデだ』大佐はこたえた。『問題が発生した。市街にカクテルどもが迫っている。我々は防衛のため移動することになった。もともと歩兵大隊がいるが、市民の戦意が低すぎて必要な協力が得られないらしい。おまえの部隊もこちらに合流しろ。可及的速やかに、だ。槍騎兵1、以上終わり』

　スヴィネミュンデはグロス・ポンメルン西北端の重要な街だ。ア《E》イネ・ノ《N》イエ・オ《O》スツィー——すなわち〝新たなるバルト海〟に面する港でもある（イノ海と通称されている）。そしてその港はＡＬＨがグロス・ポンメルンに確保している唯一の港でもあった。スヴィネミュンデが陥落してしまえば、テラフォーミングによって生まれた巨大な淡水海であるイノ海はＦＨＰの遊び場になってしまう。と同時に、ＦＨＰが不得手な乾燥地帯への陸海からの侵入を許すことになる。

　テオパルトはすぐに命令を下し、不格好な自律無人小型四輪車であるケッテンフンドを発進させると中隊とその隷下につけられた装甲擲弾《てきだん》兵小隊に移動準備を命じた。

2

「傍受した通信を解読したところ、どうもセ……ス、スヴィネミュンデという港街で大規模な戦闘が予想されるようで、あの古色蒼然たる戦車隊はそちらへ移動するようです」恒星間植民時代のドイツ語についてろくに知らない国場はあやしさ満点の発音で地名を口にした。学術ポッドの会議室へ通されたかれはラグを脱いでおり、中肉中背そのもののジャンプスーツ姿だ。性的魅力や軍人として備えているべきものを探すのに苦労する見かけだった。

「一度いったことがある」いくらか元気を取り戻したらしいウルスラ・ヴルフェンシュタイン博士はテーブルへしどけなくもたれかかりながらいった。国場とは対照的に、学会発表の壇上においてすら目をうばわれるだろう女ぶりだ。「人口は五万ぐらいかしら。内戦以前からいろいろと危険が存在していた。街の周囲は銃座を備えた市壁に囲まれていたわね。漁業がそれなりに盛んだけれど、漁船はみんな無人型だったわ」

「ここじゃあテラフォーミングがそんな突然変異を引き起こして――」

「変異というより改造、かしら。生殖細胞にまでマイクロマシンが影響を与えている例がたっぷり。でもすべてが危険生物というわけでもないし、その数も限られているはず」

「ではなぜ街を要塞じみたつくりに？」

「内戦のあらましはご存知かしら？」

「正統人類連合と自由生態党の対立である、ということぐらいは」

「スヴィネミュンデ、というよりこの惑星に存在する一般的な意味での街はすべて正統人類連合側といっていい、内戦前から」

「都市と地方の対立？」

「そうした側面もあるとおもう」

頷いた国場は小型汎用指揮盤《コマンドテーブル》が自動的に収録していたかれらの会話に極端な間違いがないかだけを確認すると、戦術指揮系への入力を許可した。ラグを脱いだ後も作動しつづけている戦術光電算機が会話内容から必要な情報を抜きだし、即時通信距離内にある連邦の光電算機すべてで形成されたクラウドデータバンクから拾いあげられる情報と比較し、確実なものを補足情報とともに整理していく。それらのほとんどは兵士たちのラグ、その光電算機にも配布される。寄港の予定がなかったためハイリゲンシュタットⅣについてはごく限られた情報しか持たないかれとかれの分隊にとっては貴重なものだ。

「さて、と」疲れた女、困ったことに好みというほかないほどの魅力を感じる女性学者が、向き直った国場はたずねた。「もういいでしょう。というよりそうでないとこちらも困る

——いったいあなたは誰からなにを守っているのですか、ウルスラ。どうやらそれが内戦の根幹にも関わっているようだ」

「面倒を一人で背負わなくていい、それもわたくしにとっては実に魅力的な士官——じゃなくて将校さんが一緒に。本当なら大喜びしたいところ」彼女は赤いショートをかきあげながらこたえた。女の香りが漂ってくるような仕草だった。

「あなたが交渉術を用いているのでなければうれしいですよ、素直に」国場はにこりとする。

「そうしたいぐらいよ」彼女はいった。しかしその整った顔にはマタ・ハリ的な艶《あで》やかさにまったくそぐわない内心の苦悩があらわれている。

「では、ご説明いただけるわけですね？」国場はたずねた。

「こちらをどうぞ」彼女はポッドの光電算機にアクセスすると、よびだした情報をかれに転送した。

「サイバー防護手順を実施したのち、こちらで分析してもよろしいですか」国場は確認した。

「ええ、なんでもどうぞ。そして知ってしまったことを神様とか、〝優れた宇宙人〟とか、まあそういうものを相手に呪うといいのよ、あたしと同じく」彼女は言葉すらそれらしく保つ気力を失っているようだった。「ここの現実は……そうね、よくいってファウスト的よ。ただしメフィストフェレスは洒落《しゃれ》がきかないしジークリンデは他の男と逃げちゃってるけれど。でもあなたは連邦軍人なのだから、ひとたび市民の苦難を知ったからにはその現実を把握するしかない。快楽と悲哀のすべてを」

「なるほど」国場はこたえた。送られてきた情報にざっと目を通す。

そして、本当に、すべてを、とりわけ宇宙軍を呪うことになった。

消耗した戦車と装甲擲弾兵、そしてどうにか生き残っている自走砲の群れは四時間ほどをかけてスヴィネミュンデ南方約一〇キロの小高い丘、その南斜面側へ集結した。

戦車を降りたテオパルト大尉はヘルメットに野戦服、それに突撃銃を手に泥ですべりそうにない場所を苦労して選びながら斜面をのぼり頂上に達したあとは匍匐前進の姿勢をとる。すでに丘の尾根、その直前で伏せていた偵察小隊長のキルシュネイト中尉はすぐに見つかった。かれはむろん装甲機動《GK》服を身につけていたが、ヘルメットのマルチプレートを跳ね上げ、子供のような顔をさらしていた。

「いらっしゃい。地獄へようこそ。ここはなにもかもが楽しくなってくるほど腐ってますよ」斜面南側に身を隠していたキルシュネイトは奇妙なほど明るい声でいった。

といっても地球連邦軍《FEAF》、ことに連邦宇宙軍《スターミィ》のように将兵に対する強制意識誘導処置、すなわち洗脳を受けているわけではない。もともと洗脳に関する技術を植民星へ与えることについて地球連邦はとてつもなく慎重で、ハイリゲンシュタット星系もその方針の例外ではなかった。古典的独裁者タイプが惑星を掌握した場合、住民を片っ端から〝命令に従っている部分以外では自由意志を保った〟存在へと変えられるのだから当然といえる。というわけでハイリゲンシュタットⅣには強制意識誘導を可能にする技術も機械も存在していない。となれば、かれに奇妙なほどの明るさをもたらしている原因はただひとつだ。

「〝アッパー〟を使いすぎるなよ」テオパルトはいった。

多幸薬のことだ。確かに気分の落ちこみは避けられるが、多用すると脳内物質の分泌《ぶんぴ》がおかしな具合になって、なにをしていても楽しくなってしまう、という副作用がある。殺人も楽しくなってしまうわけだ。むろんそれは軍隊にとって大変にまずい。軍隊とは良識ではなく常識で活動する組織だが、常識は感情によって棚上げされてしまうことがあまりにも多いからだった。

「行動を開始して一〇日以上過ぎてます。おまけに目の前にはカクテルどもの大パーティ。使わないと保ちませんや」キルシュネイトはこたえた。あいかわらず明るく、楽しそうに。

泥をかきわけるように這《は》い進んだテオパルトはキルシュネイトと並んだ。野戦服に自動殺菌機能がなければ命に関わるだろうほどに細菌やらなにやらが潜んでいるそこで、斜面の上端からわずかに頭をだしてニコンを構えた。

イノ海の海面が月に照らし出され、白く見えている。市壁に囲まれた街からは定期的に照明弾がうちあげられていた。加えて平面型のサーチライトが放つ光が周囲を広く照らしだしている。

しかしそれでもなお照らしきれない場所、見つめているだけでぞっとしてしまうような闇がたっぷりと存在していた。どれほど目をこらしてもなにも見えない場所。テオパルトはニコンを闇に向ける。すると双眼鏡はパッシヴ赤外線暗視モードへと切り替わった。

うめき声を漏らしそうになる。

なにかが無数に蠢《うごめ》いていた。はっきりした人型に見えるものもいるし、得体の知れないぐちゃぐちゃした形しかとらえられないものもある。かっちりとした、人工的な形状をもったものも存在するようだが、すぐに消えてしまう。かれのニコンは軍用ではないから動態記憶機能が大きくはなく、近くないと自動追尾機能も働かないからだ。

しかしそこにはなにかがいる――群れていることだけは確かだった。

いや、〝なにか〟ではない。カクテルどもだ。敵だ。

市壁の奥から連続した乾いた音が響いた。古典的な――すなわちこの惑星で作られた自動迫撃砲の砲声だとテオパルトは気づく。

爆発が闇の中で生じた。一瞬のきらめきと爆発音が連続する。と、海上からも射撃がはじまった。こちらは曳光弾の目立ち具合からして四〇ミリ多連装機関砲らしい。

海から闇に向けて伸びる曳光弾の勢いは違和感を覚えるほど賑《にぎ》やかだった。まるで何門もの機関砲が射撃しているかのようだ。

「すべての砲弾を曳光弾にしているんです」キルシュネイトがいった。「そうすると、数が少なくても賑やかに見えて士気向上に役立ちます」

と、海上で機関砲とは別の閃光が一瞬だけきらめく。海面ぎりぎりの位置だった。一瞬後、機関砲を放っていた味方の艦艇、おそらく哨戒艇で爆発が起きた。爆発の閃光はその姿を月明かりよりさらにくっきりと海面から浮き上がらせる。機関砲は沈黙し、哨戒艇から炎があがっているのだけが見えた。数分後、そこに黒々としたなにかが覆い被さっていくのがわかる。哨戒艇は爆発したが、なにかはその爆発すら飲みこむように動いたあと、哨戒艇とともに飛び散った。

「自分は思うんですよ」キルシュネイトはいった。「俺たちの惑星は娯楽産業へ金を突っこむべきじゃなかったのかって。狩猟でもいいし、異星冒険物、異世界冒険物だっていい。きっと二〇年ぐらいで先進惑星の仲間入りできたんじゃないかっておもいます」

「その意見には賛成だ」テオパルトは立ちあがりながらこたえた。「おまえが会社をおこしたら俺も雇ってくれ」

かれは楽しそうに笑いはじめたキルシュネイトを残すと、斜面を慎重に降りていった。野戦服にこびりついた泥は表面に吹き付けられている分解ポリマーによって濡れたまま斜面へ落ちはじめている。

「戦闘団の主力は南側の国道を確保する」

移動指揮所である大型装甲車の狭苦しい会議室でコンラート大佐はいった。薬剤など使っていないかれは、目の下が真っ黒に見えるほどになっている。一〇年前、コンラートは愛想の良い酒場の主だった。

「つまり自分は」テオパルトはたずねた。

「側面援護、要するに陽動だ」コンラートはこたえた。「丘をこえてカクテルどもの群れへと殴り込み、その中を突っ切ってスヴィネミュンデ市街に入って貰う。防衛司令部にはすでに連絡してある」

「了解しました」テオパルトはこたえた。「しかしひとつだけ。敵の中を突っ切るのであれば装甲擲弾兵は危険です。本隊に合流させた方がいいとおもいます」

「そうだな」コンラートはあっさりと認めてからたずねた。「確認しておきたい。貴様の中隊の現有戦力は？」

「ローアカッツェが八輛です」テオパルトはこたえた。「任務を果たす自信がない、とはもうしあげませんが……」

「どれほど頼りになるかはわからんが、戦闘ドローンを四輛つけてやる」コンラートは告げた。「出撃時刻は自動通達される。以上だ」

装甲車をでたテオパルトは中隊に戻った。重たげで、角張っていて、ぐっと砲身を突きだしているローアカッツェの群れ。ただしその足下では小型の整備ドローンが動き回っていた。履帯や転輪を交換中の車体もある。

「プレディガー」かれは戦車の後ろで情報プレートをのぞき込んでいた中隊補給担当将校のプレディガー中尉を呼んだ。かれは不安になるほど痩身《そうしん》の青年で、よくいっても死神じみた顔をしている。

「カクテルどもと近接戦闘になる。キャニスター弾《ケースショット》は手配してあるか」テオパルトはたずねた。

「一輌当たり四発」プレディガーはこたえた。「平等に行き渡るように再配分しました。補給を受けましたので各車とも弾庫はいっぱいです」

テオパルトはうなずいた。ローアカッツェは主砲である一〇〇ミリ戦車砲の砲弾を四〇発しか搭載できないし、キャニスター弾では済まない目標の多さを考えると仕方がないだろう。となると近接戦闘の本番はSゲレートと通称される積極防護装置《APS》、そして砲塔上に装備された二基の自動射撃ステーション《AF》に頼るしかない。そしてSゲレートには高速移動時には目標を追い切れず、自動射撃ステーションに備えられているのは三世紀ほども昔に開発された実体弾式重機関銃を原型とする火器で、カクテルどもを薙《な》ぎ払うには力不足だという問題がある。しかし、だからといってSゲレートのためにのんびり動いているわけにはいかない。つまり覚悟をかためるしかない。

「すべて了解した」テオパルトはいった。「貴様は支援小隊と共に本隊へ合流しろ」

プレディガーの髑髏《どくろ》じみた顔にはじめて表情らしきものが浮かんだ。つまりそれほど危険であると理解したのだった。

かれは背筋をのばし、敬礼しつついった。

「了解いたしました。幸運を祈ります、中隊長」

「お互いにな」テオパルトは答礼しながら応じた。

三〇分後、かれの小隊は出撃準備を完成していた。戦闘団本部がよこした戦闘ドローンはかれが指定した戦車の機関部上に固定されている。車内からは自動装填装置がテストを行っている乾いた重い音が響いていたが、それもやんだ。すでに支援小隊は装甲擲弾兵とともに本隊へと去っている。丘の上にいた偵察小隊も去った。残っているのはかれの中隊だけだ。

『猟犬、猟犬、猟犬6』テオパルトは呼びかけた。最初に二度繰り返した猟犬がかれの中隊全体への呼びかけ、猟犬6は中隊長《シックス》であるかれを意味する。

各車の光電算機（といってもこの惑星で製造可能な、かなり不細工なもの）がそのあとの処理を自動的におこない、マルチプレートに各車の状態と車長たちの顔を小さく表示する。凍りついたように硬い顔をしているもの、いまにも笑いだしそうな顔のもの、人それそれだった。

『想像はついているとおもう。楽な仕事ではない。しかし我々が成功しなければ本隊は国道を確保できず、街は陥落する。だから、やろう。猟犬6、以上終わり』

テオパルトは情報表示を車内指揮モードに切り替えた。今度は二人の顔が身体データと共に表示される。操縦士のヴェックマンと砲手のブランシュだ。

『覚悟しておけ』つきあいの長い自車の乗員に対して、かれは遠慮しなかった。『陣形を組み、出くわしたものは攻撃する。そして生き残る。質問は？』

唸《うな》るような声の返事がある。ヴェックマンの方は多幸薬を服用しているとその態度と身体データが教えた。テオパルトはとりあえずの問題はなさそうだと判断し、深呼吸すべく口を開こうとした。

マルチプレートがコンラート大佐の行動開始命令を表示したのはその時だ。

あわてて口を閉じたテオパルトは車長席へ腰を下ろした。上半身が座席から伸びた生体安定腕に抱え込まれる。かれの着席を確認した光電算機が自動的にコマンダーズ・キューポラのハッチを閉鎖した。操縦手ハッチ、砲手ハッチも閉鎖され、車内気圧が外気圧よりわずかに高くなったことも表示される。中隊各車について小さな表示が次々にあらわれ、全車戦闘行動可能、という文字が一瞬だけうつしだされ、消えた。

『猟犬、猟犬、猟犬6。前進用意——パンツァー・マールシュ』

テオパルトは命じた。車体後部で円弧動機関《AME》が水素を反応させながら静かにパワーを生みだした。

八輌のローアカッツェは大量に泥をはねあげながら進み始める。街の南側を確保する戦闘団本隊を攻撃するだろう敵をいくらかでも引きつけるために、丘の東側へ回りこんでから敵と接触する必要があった。戦車はテオパルトが事前に策定した戦闘陣形をとるべく、位置や速度を変えつつ機関音ではなく、履帯が泥を踏みしめる音や転輪が生じさせる音だけを響かせつつ進んでいった。砲塔上の自動射撃ステーションのセンサーはすでに全周捜索を開始している。

3

〈島風〉は陸戦隊を載せた降下艇を発進させる際に、三〇基ほどの多目的マイクロ衛星をハイリゲンシュタットⅣ低軌道へばらまき、長距離偵察《LRRUAV》ドローンも展開させている。おかげで国場のもとへは降下艇が中継した大量の情報が届けられていた。内容と即時性の高さは内戦の両陣営にとって愛娘を売ってでも手に入れたいレベルといっていい。

「なるほどな」

国場は出来の良い冗談を耳にしたような表情を浮かべていた。

学術ポッドの多元表示装置《MD》が映し出した立体地図には、周囲を市壁で囲われた港街、そしてその周辺で活動する軍隊の戦況がうつしだされている。もちろん混成現実方式で表示されているから、捉えられている現実に関連情報がわかりやすく付け加えられていた。

南方の丘、その南側に集結してきた部隊が二手にわかれて行動しているのはむろんはっきりとつかめている。東方から街に迫っている、ともかく数の多い攻撃側の陣容も。ただしその様子は行動を開始した機甲部隊らしいものと比較して精密さにかけ、ぼんやりとした靄のような立体映像として蠢いていた。

「丘の西から街の南側にある道路へまわったのが主力か。東側から相手の側面にでた戦車――減耗した中隊ぐらいか、かれらは陽動。しかし、大した度胸だ」

「自分が連邦宇宙軍の一員だったことがある――それも士官で、なんて信じられなくなってきた」ウルスラは呆れ声だった。「あの頃は戦況をそんな風に認識したことなかった。目の前のことで精一杯で。上官たちも、いまのあなたほど素早く判断をつけていなかったとおもう」

「あなたが参加した戦闘は治安維持任務の過程で発生したものでしょう、ウルスラ」国場はこたえた。「それにあなたは女性だから、前線戦闘任務にはつけなかったはずだ。航宙艦にすら配属されないのだから」

「そう、女はそういう役回りにされている。いまの時代は」

「女性を前線戦闘任務につけないのは〈接触戦争〉の経験がもたらしたものだというのは士官として教育を受けたことがあるなら知り尽くしているはず。女性をただの兵士として用いるのは、人類の生残性《サヴァイヴァビリティ》を高めるという地球連邦の目的と対立するから。社会的なジェンダー論とはなんの関係もない、種としての存続をかけたもの。つまり、人工子宮や老化卵子の問題さえ解決されたなら――母親だけが果たせる役割を社会が肩代わりできて、それによって黒字が見こめるようになれば、いずれはまた変わってしまうでしょう。二一世紀はじめの先進国のように、女たちが堂々と戦場で連邦の旗を掲げ、暴力の化身として振る舞える自己実現の時がいずれまた、来ますよ」

「連邦の公式見解どおりかしら」ウルスラは鼻を鳴らした。「でもあなたに一定の戦術眼があることは事実」

「大したことではありません」国場はこたえた。「いまわれわれの衛星がとらえている戦況は、アレクサンドロス三世の軽騎兵《プロドロモイ》を率いていた指揮官でも、二〇世紀のロシアで繰り広げられた戦いでフォン・マンシュタインの麾下《きか》にあった戦車隊長だって理解できるし、似たような行動をとるでしょう」

「つまりその点はあなたにとって問題ではない」ウルスラはいった。

「そのとおり。ウルスラ、あなたがいまだわたしに教えていない点が問題となります。いったいかれらはなにと戦っているのか？　あなたがわたしに、人類ではあるが連邦市民ではないといった者たちとはなにものか？」

テオパルトはドローンの出し惜しみをしなかった。かれの中隊が敵軍と接触するだろう数分前にそれを次々と発進させる。ごく簡単な固体燃料ロケットにアシストされて夜空に飛びだした四機の自律戦闘ドローン《メンシエンイエーガー》たちは着地と同時に車体のあちこちに備えられた球体機動装置を作動させ、周囲の敵について戦車へ情報をもたらすと同時に、設定された危険度以上の敵に対して小型ミサイルや機関砲を放ちだした。

スヴィネミュンデ市内からの援護射撃もはじまった。布陣している砲兵中隊が一五〇ミリ榴弾砲《りゅうだんほう》を放っている。テオパルトたちにとっては有り難いが、ただ喜んでいいものでもない。その砲撃は、コンラート戦闘団本隊が国道方面へなるべく目立たずに展開できるよう、かれの中隊へ敵の注目を集めるためのものだからだ。

常に周囲を捜索しつづけている戦車のセンサーが危険物を捉えた。テオパルトのマルチプレートに情報が表示される。自動装塡装置が鉄梃《かなてこ》をハンマーで叩くような音を響かせた。もたらされた情報に応じ、システムが〝ともかく撃てる〟態勢を整えたのだ。マルチプレートには昔なら人間同士のやりとりが必要とされた射撃手順が表示される。

目標呼称標的1。目標種別戦車相当。使用弾種徹甲榴弾。砲旋回角二〇度自動旋回許可Y／N。射距離三六〇〇、見越角自動入力中。射撃許可Y／N。

テオパルトはローアカッツェのセンサーではその姿をはっきりととらえきれない目標を睨《にら》んでいた。過去の経験から目標は〝カバ〟だと見分ける。だとするなら徹甲榴弾（といっても大昔の砲弾と同じつくりではない）では表面で割れてしまう。〝カバ〟の装甲は硬いからだ。かれはブランシュに命じた。

『砲手、弾種変更、成形炸薬弾《さくやくだん》』

『砲手了解、弾種を成形炸薬弾となす』

ブランシュの応答があってすぐ自動装塡装置が騒音を響かせた。即座に報告がある。

『車長、弾種変更よし』

テオパルトは命じた。

『撃ち方はじめ《フォイアー・フライ》――撃て《フォイアー》』

といってもすぐに砲が吠《ほ》えることはない。何秒か、戦車も〝カバ〟も動いているため常に変化している距離や方位を砲塔や砲の修整量としてシステムに伝え、砲塔の向きや砲身の角度を手直しするだけの時間が続いた。

と、最適の瞬間を待っていたブランシュが静かにいった。

『発射』

テオパルトの左下で砲身の尻にはめこまれた形の閉鎖機構が勢いよく後退し、復座装置によって元の位置へ戻る。車体は軽く震えたが一〇〇ミリ戦車砲を撃った、という現実から予想されるほどのショックはない。大きな金属の塊《かたまり》といえる閉鎖機構が自分のすぐそばで勢いよく前後することも含めてだ。そうしたものへはとうに慣れてしまった。

かれの目はマルチプレートに表示されている目標に据えられている。発射された成形炸薬弾は弾底を緑に発光させながらのびていき――消えた。

爆発は生じない。しかしテオパルトは〝カバ〟がのけぞるように巨体をはねあがらせたのを確認した。

『標的1撃破、撃ち方やめ』

かれは命じると、すでにセンサーが見つけ出し、リスト化していた敵について確認する。ローアカッツェの射撃統制装置にインストールされた脅威度判定プログラムは目標の戦闘力と距離の関係について単純にすぎる判断を示すきらいがあると知っていたからだ。実戦では、ことに今のような乱戦では、ともかく手近なものを狙えばいい、というだけでは済まない。

ウルスラの説明を耳にした国場はさすがに驚いていた。

「1G法を完全に無視してる」

「かもしれないけれど、わたしの知る限りにおいて連邦基本法にはこれが人類である、という規定は存在しない。だから途方に暮れたわけ。でなけりゃあなたに助けて、なんていわない」彼女はこたえた。「まあ、このポッドに収容したのは見た目の違和感がそう大きくない人たちだけれど」

立体表示されているポッドの別区画――ありていにいってしまえば研究用サンプル生命体の保管庫でかれらは〝保護〟されていた。

頭はある。手足もある。手造りらしい衣服も身につけていた。ただし肌は肘や膝が甲羅《こうら》のようなものでおおわれている。そして顔は、まだネイラムの方が人類に近いように見えた。なんというか、備わっているべきものは備わっているのだが、その配置や形状に、ひどく落ち着かない気分にさせられる違和感を覚えるからだ。人間のようではあるが、そうであるからこそ突きつけられるもの。たとえば〝瞼《まぶた》〟は目の上下から半透明の膜があらわれて眼球を保護するようになっている。そんなものを〝人類〟としていきなり受け入れられるはずがない。おまけにウルスラは〝見た目の違和感がそう大きくない〟といった。つまりもっととんでもない連中が存在するということだ。

「かれらがハイリゲンシュタットⅣ自由生態党《FHP》の――」国場はそっとたずねた。

「まあ、メンバーの中でほとんど普通の人類と変わらない人たちと植民第一世代ＦＨＰシンパの生き残りがそう名乗っている、という感じかしら。かれらと本格的に接触する前に、こんなことになったけれど」ウルスラはこたえた。

「どういう事情でかれらが保護を求めて――」

「かれらが保護を求めてきたわけじゃないわ。意思疎通、ほとんど不可能だもの。保管庫にいるかれらぐらい変わってくると、そうした人類領域の決まり事についてなにかを意識しているかどうかすらあやしいはず」

国場は面食らった。それに気づいたウルスラはため息めいたものを漏らすと続けた。

「罠よ。モハドが仕掛けていた大型野生動物採集用無痛罠。そこに引っかかっていたの、かれらは。で、ドローンが罠ごと保管庫に持ちこんだ。五週間ほど前ね」

「かれらとの、その、接触は？」

「保管庫に備えられている様々な検査機器で。わたしはあそこに入ってもいない。もともと防疫《ぼうえき》規定で入れないつくりになっているし」

「なのにかれらを保護すべきであると」

「排泄物《はいせつぶつ》や呼気、それに身体から剝離《はくり》したなにかを分析したとき、腰が抜けそうになった。かれらの、生命としての起源は人類で、そこに人工的に弄《いじ》くられたDNAの類いがたっぷり加えられていると知った時は」

地球人類は銀河のどこにいようが地球人類、連邦の基本方針はそれだ。

しかしそれは1Gかそれに近い環境で生きていくことしか許されないことも意味する。

また〝人類〟であるからには連邦がときにむき出しにする（せざるをえない）強権からも

自由ではいられない。

　太陽系を離れた人々の中には当然、それを激しく嫌う者たちもいた。開発が順調に進んでいるとはいえず、連邦からの注目度も低いハイリゲンシュタットⅣはかれらが〝自由〟に生きる場所としてぴったりだった。

「つまり遺伝子弄り《ジェネミキサー》の成れ《な》の果てだと？」国場は表示されている、いくらか人間らしくあるからこそ強烈な違和感を覚える存在を見つめつつたずねた。

「そうともいえる」ウルスラはこたえた。

〝遺伝子弄り〟は二〇世紀にその起源がある。最初のうちは宗教がそれを抑えこむ役割を果たしていたが、二一世紀になってからは法律だの倫理だのというものへと変わり、〈接触戦争〉がすべてを吹き飛ばした。〈ヲルラ〉が種族をあげて自分たちの遺伝子をいじり回す連中だった影響もあった。定番の〝進歩的発想〟、『様々な限界を生命に強要している自然的な遺伝子構成を絶対視するのは〝遅れて〟いる』という論が、遺伝子研究において著名な学者たちからもなされたのはそういう理由だった。

　ただし、規制が緩められた結果として現実におこなわれたあれこれは、進歩的云々《うんぬん》からはほど遠かった。

　先天的な疾病《しっぺい》の原因とみなされるものを取り除くとか、制御不能な増殖をおこすようになった遺伝子変異細胞がそもそも生じないようにする、といったことがおこなわれている国、たとえば日本などでは率先してその研究が進められ、最終的にそれはクローン研究とも合流している。

うちはまだ良かった。ことに国民皆保険に莫大な国家予算を食いつぶされた経験を有する

まあ、政府の管制下で学者たちの研究競争がおこなわれているあいだはまだしもだった。

〈ヲルラ〉の遺伝子関連技術のうちで使えそうなものを選びだし、〈接触戦争〉によって疲《ひ》弊《へい》し、人口の回復を至上命題としてうけとめていた地球国家群はそれでもなお前時代的な『生命の尊厳』というものへの配慮をおこなっていたからだ。

しかし〈接触戦争後〉の混乱は公的機関による統制を極度に弱体化させていたし、〝理想〟と〝極論〟の差をきわめてわかりにくいものにもしていた。結果、科学的暴走は日常茶飯事となった。

「地球連邦が母なる地球（彼女はそれを嘲《あざけ》るように発音した）をしっかりと支配するようになるまでに遺伝子改変の研究は無茶苦茶なところまで進んでいた」ウルスラはいった。

「ニーチェの唱えた超人というのはあくまでも心の問題だとおもうのだけれど」

「健康な肉体にこそ健全な精神は宿る」国場はつぶやいた。「ユウェナリスは、〝お前ら高望みするなよ、ばか〟ぐらいの意味で書いたとおもうのですが」

ウルスラはころころと笑った。この女と一緒に酒を飲めば楽しいだろうなと国場はおもった。むろん、酒のあとも含めてだ。

「どちらかといえば、第三帝国やアメリカ的なプラグマティズムを誤解——曲解した連中の妄想した物理的超人、そちらに進んだ。おまけに〈ヲルラ〉から成体クローン技術も手に入れていたから……」彼女はいった。「〝スーパーヒーロー〟を自分たちの手でつくりだそうとしたのよ。なんて幼児的。人間はいつまでも一五歳じゃいられないのに。どれほど小難しい理屈を付け加えてもその点に変わりはない」

「男はいつもそんなものですが」国場はいった。

「ええ、よく知ってるわ」彼女は嬉しそうに応じた。

最初は筋肉や骨格の強化、その程度だった。むろん心臓をはじめとする内臓器官の強化も。初期から取り憑《つ》かれたように研究する者たちがいた脳はあまりうまくいかなかった。〈ヲルラ〉も、あまりに面倒すぎてその点は投げていたからだ。

で、物理的超人は必然的に性的な能力の強化へと進み、妄想するにはいいが現実に存在すると戸惑ってしまう存在を誕生させることになった。ただし皮肉な結末になった例も少なくない。たとえば人間が性的なサインとして受け取るものすべてを強化して成体育成された者たちは、さまざまな事件の原因になった。なお、生殖能力の強化は同性愛者のテロ組織まで誕生の原因にもなっている。

「でまあ、もういいじゃん細かいことは、ってなったのよ」ウルスラは学者とはとてもおもえない表現で要約した。「テラフォーミングすら〝制約〟と受け止めて……というより地球環境すら枷《かせ》だと考えて。そうした連中の植民は連邦が冒険的、あるいは趣味的な〝遺伝子調整〟を規制しようと本気になったあたりでもっとも盛んになって……かれらは、このまま地球にいてはまずい、と考えた」

「あなたが保護した者たちもそうだと」国場は映像を指さした。

「その三世代目以降。はっきりしないのだけれど、成体クローンも続けていたみたいだから。急いで仲間を増やすためにね。もちろん生殖能力の強化も」

「その点だけはいささかうらやましい」国場は真面目な顔をしたままふざけた。むろんそれは本音を口にしかねてだ。

成体クローン育成は1G法に抵触する。その点は間違いがない。ただし過去においては違っていたし、おこなわれなければ地球連邦は現在ほどの人口を有していなかった。日本人など、絶滅していたかもしれない。

そういったわけで、近年においてもよんどころのない事情があったと認められた場合、成体クローンの育成が明らかとなっても黙認される場合がある。それに踏み切る者たちはむろんそうした先例を盾にしていた。現在も連邦最高裁では数万件の関連事件についての公判が積み上がっている。すなわち、違法だとわかっていても簡単には触れられないのだった。

国場はウルスラを見た。彼女は相変わらず、どこか面白がっているような表情を浮かべている。かれはそれを理解のしるしと受け取ることにして、話を変えた。

「で、かれらとの意思疎通が難しいとおっしゃいましたが、本当になにも確認されていないのですか？」

「ジェスチャーや発する声のパターンを記録して、機械が分析した。記録されているから、調べていただいていい」

「ええ、しますよ。でもいま伺いたいのは、あなたが保護を判断した理由です」

「かれらは信じているとわかった」

「なにを？」

「〝我々は人類だ《ウィ・ザ・マンカインド》〟」

「なるほど」国場はうなずいた。「人類がその原型であるという科学的根拠があり、当人たちの自覚もある。ならばあなたは研究者——いや、連邦市民としてかれらは保護されてしかるべきと判断するよりなかった。そういうことですね、マム」

「ねえあなた」ウルスラはいった。「いいかげん、気楽に話してくださらない？　あたしだって軍隊にはいたのよ？　そして、大尉の前に立つと背筋を伸ばす立場だった。そういう殿方からいちいち御婦人《マム》とか、落ち着かないわ、すごく。いまおはなしした事実のおかげで、モハドが逃げだしたことをおもうとさらに」

「かれがあなた以外のスタッフと共に星系政府支庁へ逃げ、連邦代表部にまで訴えを持ちこんだのはそれゆえだと」

「かれは優れた学者だとおもうわ」彼女はこたえた。「同時に、アッラーを崇《あが》める男でもある。たしか偶像を否定的に扱う教えだったとおもう。安易な決めつけは禁物だけれど、まったく無関係だともおもえない」

「なるほど」国場はうなずき砕《くだ》けた言葉づかいに変えた。「神とか、そのお仲間を信じていられたならなあ、とおもうね、こういうときは。ラーマン教授同様、遠慮なく罵ることができる」

「そういえばあなたは日本人みたいね。なら無宗教でもあたりまえ、か」

「無宗教ではないがキリストやアッラーを尊ぶ人々のような意味ではないかな。問題だといえばいえるが、我が民族の芸風でもあるようでね」

「なにか違いがあるの」

「問題は解決できるが芸風は深化するだけだよ、ウルスラ」

国場の、どこか剽《ひょう》げたような言いぐさを耳にしたウルスラの表情が緊張した。この、男としては自分の好みだといえる連邦宇宙軍士官がなにをいいたいのか、想像がついたからだった。

4

マルチシールドに人影と呼ぶには抵抗感のある姿をした敵兵、テオパルトたちがバッタ《カクテル》と呼んでいる〝歩兵〟の群れが見えた。

それはまるで大昔の、ソヴィエト陸軍の懲罰《ちょうばつ》大隊のようだ。敵前逃亡や政治的な疑い、つまりいいがかりの類いで罪人とされた将兵たちの部隊。大きな損害の見込まれる場所へ投入され、ひたすら突撃させられる。戦術的な常識に従うことなどできない。前進が遅いだけで後方から味方に撃たれる。政治将校に命じられた督戦隊が機関銃で背中を狙ってくる。

しかしカクテルどもは督戦隊など必要としない。自分の意志で突撃してくる。まるで伝説の日本兵たちのようだ。

かれらは天皇への忠誠こそ唱えないが、常になにかを口にしていた。大抵は普通の人間が耳にしても意味のなさない音だ。ちなみに翻訳するとこうなる。

人類万歳《バンザイ》。

　自律戦闘ドローンが時速四〇キロほどを発揮しつつ泥をはねあげ、進んでいく。擲弾を連続して発射し、その爆発が収まったあとで近くの敵にむけて一三ミリ機関銃を放っていた。なお銃弾は古典的な完全被甲弾《FMJ》、ソフト・ポイント弾、近接炸裂弾を光電算機が状況に合わせて選択する。最後のそれはドローン本体が放ったレーダー波の反射を拾いあげる電波感応素材が用いられており、電波が一定以上の強さになった時に炸裂するようになっていた。

　銃撃を浴びたバッタ（そのはずだ）が肉体を切り裂かれ、引きちぎられ、吹き飛んでいく。しかし無《む》薬莢《やっきょう》型《がた》とはいえ弾丸の数は限られており、闇の中で無数に蠢いている敵を食い止めるには非力すぎた。自律戦闘ドローンはオーバーヒートして赤くなった銃身を冷却のため空中へ掲げたところでうなり声とともに泥を泳ぐように迫ってきたバッタたちに襲われる。球体機動装置が一杯に後進をかけたが間に合わず、数十体のバッタにのしかかられ、横転させられてしまう。脱出不可能と判断したドローンの光電算機はその状態で全弾をまき散らしたあと自爆装置を作動させ、周囲の敵を巻きこんで砕け散る。かくて中隊の右側面をカバーしていたドローン四機は全滅した。

『中隊、対人制圧、右第一象限、距離一五〇〇』

　罵りを漏らしたあと、指揮官回線《コムチャン》を用いてテオパルトは命じた。指揮官回線でくだした命令は隷下の車長たちが手動で各個優先操作《オーバーライド》をおこなわない限り自動的に各車の光電算機が従動する。またオーバーライドが許されるのは車長の判断と車体の自己防御プログラムの判断が一致したときだけだ。

　オーバライドした車長はいなかった。八輌のローアカッツェは砲塔を旋回させ、個々の位置による修整を加えつつ光電算機が割り振った方向に向けてキャニスター弾を次々に発射する。昔のキャニスター弾は砲口を飛び出てすぐに子弾が飛び散ったためおそろしく射程が短かったが、ローアカッツェで用いられるそれは飛散する秒時を設定できるので長距離でも有効だ。先端に尖った被帽もついているから弾速もそう遅くはない。そこまでするならただ榴弾を使えばいいようなものだが、ＦＨＰの〝兵士〟たちは泥を這いずるように迫ることが多いため通常の榴弾では効果が不足しがちなのだった。

　八発のキャニスター弾は修整された距離で被帽と弾殻をはじきとばし、球形の子弾を半径五〇メートルほどの円内にまき散らした。その段階で子弾の触発信管は作動しており、敵兵の肉体、それに泥濘と化した地面に当たっても炸裂する。

　テオパルトのマルチシールドには子弾の爆発が炎の線を描く様が投影されていた。かれは撃ち方やめを命じ、センサーが見つけた次の目標――というよりこちらに向かってくる危険域とでもいうべきものを確かめ、あらたな射撃を命じた。そのあいだも八輌の戦車は泥まみれになりながら闇を進んでいく。

「分隊長、ラグの充電はすべて完了しました」会議室にあらわれたパノ軍曹が報告した。

「ポッドの機関から充電させてもらったおかげで、野戦用急速充電装置の消耗はありません」

「わかった。ご苦労。別命あるまで待機しておれ」国場はこたえた。

「はっ」パノは小柄な身体で気をつけの姿勢をとったあと、ちらりとウルスラを見て一瞬だけ微笑んだ。

「お役に立ててなによりよ、軍曹」ウルスラはこたえた。

「いいえ、ヴルフェンシュタイン中尉」パノは無帽の敬礼で応じた。

「久しぶり、そんな風に呼ばれるの」

「下士官《NCO》としての処世術であります」パノはにこりとし、退出した。

「必要な情報は共有させることにしているんだ」国場はいった。「それからウルスラ、ちょっと驚いたんだが、我々は宇宙軍兵学校《ハイガーズ》の同期らしいよ。在学中に面識がなかったのは――」

「同期生といっても一万名はいるし、あのころ、女子学生は新設の分校にまとめられていたからいまさら驚かないけれど」ウルスラはこたえ、たずねた。「で、あなたはあの半ば地獄めいていた学び舎《や》の同期になにをしてくださるつもり？」

「知っているとおもうけど、一般待機命令の解釈はえらく難しい。もちろんあなたの救出命令は別だ。しかしそれ以外の部分では一般待機命令《GWO》の対象になる」

「陸戦隊は載っていた艦《フネ》の指揮下に——ああ、おもいだした」ウルスラは呻いた。「目標に降下したあとは部隊行動の自由度はとてつもなく大きかったんだった。艦との距離というより、艦隊《フリート》と陸戦隊《COSCOM》の縄張り区分の問題で。陸戦隊だけ降ろされて艦はゲートスルーしちゃうこともあるから、仕方ないけれど」

「むろん一般的な解釈をとれば即座に解決できる」

「どんな風に」

「なにもしない。しなければ地球連邦——すなわち連邦宇宙軍にとっての問題はおきない。これまでほとんどの指揮官はそうしてきた。ではないと考えた連中は軍を追い出されたはず」

「わたしと違って、あなたは軍で出世なさりたいの？」

「士官であるからには指揮権者たる将校として大きな立場になってみたい。しかし、かれらが人類であるとなればそれ以上の問題だね」

「保護してくださるというわけ」

「かれらと戦っている者たちは紛れもない人類だという点が問題になる。ただの内戦なら、介入はしない。できない。しかし一方は市民権を持つ者と持たない者がいりまじっているうえ——」

「外見は？　モハドにとってはそれが問題だった。かれは遺伝子保護関連諸法を守っておらず、連邦市民権を有しないものは人類ではないと結論し、ライト・フライヤーと冗談めいた名で呼ばれている搭載機でザンクト・コロリョフスカへ飛んで星系政府経由で連邦代表部へそれを訴えた。きっと本人はまっとうな警告をしたつもり」

「連邦基本法に〝程度〟についての規定がないことはあなたもご存じのとおりだ。ここにはあなたの他に研究者たちが残っていない、ということは他の人々もそう考えたのか」

「どうかしら。モハドに逆らうと色々と面倒だから。研究者の関係というのは民主主義とは縁遠いものだし」

「あなたはそうおもわなかった？」

「あたしはそうおもわなかった。だから、袂《たもと》を分かった。研究者としても女としても」

「そして我々を巻きこもうとした」

「ご迷惑だったかしら」

「迷惑？　ああ、迷惑かな、たしかに。しかしあなたのような女性と出会えたことは喜びとすべきだとおもう。まあその、どんなことにも明るい面は存在して欲しいと願っている質《たち》なものだから、わたしは」

「わたしも同感よ。迷惑で、喜びだわ。で、あなたがいま必要としているものはなにかしら。わたし？　それならそれでいいけど」

「残念ながらそれだけではない。戦っている双方についての情報がもっと欲しい。たしかこの種のポッドに備えられているライト・フライヤーは一機や二機ではなかったね？」

おそらく一〇〇頭以上はいるだろう〝サイ〟の群れを右四〇〇〇メートルほどの位置に発見した。サイは全長五メートルほどもある、硬い外皮に覆われた八足歩行体だ。

八輛きりの戦車であれば逃げるべきだった。サイは射撃してくるわけではないが、泥濘などものともせずに突進してくるし、進路を不規則に変化させたりもするからだ。八輛のローアカッツェでは一斉に突っこまれると火力が足りず、車体へ直撃を喰らうものが出かねない。むろんサイがぶつかってきたところで戦車は壊れないが、最大で一トン近い爆薬を身体へくくりつけている自爆攻撃の場合がある。そんなものが爆発したら、戦車は無傷で済まない。

しかしテオパルトの中隊は戦闘団本隊の行動を楽にしなければならない。危険を冒してでも引きつける必要がある。

手近な目標はキャニスター弾でとりあえず制圧できているため、かれは新たな隊形を指示しつつ各個射撃を命じた。スヴィネミュンデ東方約六キロの泥濘で東に車体正面を向けたローアカッツェたちは車長それぞれの判断で定めた目標への射撃を開始する。

主砲が放たれ、砲が狭い砲塔内で後退した。

発砲から数秒して、控えめなきらめきのあとサイが二つに千切れた。直後、強烈な閃光が生じ、周囲のサイも爆発に巻きこまれる。くくりつけられていた爆薬の誘爆だ。ざまあみろとテオパルトはおもったが喜んでばかりもいられない。爆発の規模からして、サイの爆薬、その威力が以前より増しているとわかったからだ。あんなものの直撃を受けたらローアカッツェはどうなるかわからない。

しかし、いまのかれにはその対応策を考えている余裕も与えられなかった。自動射撃ステーションの作動サインが表示されたからだ。

各個射撃になると光電算機が撃破と判定してしまえば即座に別の目標が選定され、砲手はそのあらたな目標に向けて主砲を放つ。

問題は自由射撃モードに設定されている自動射撃ステーションだ。テオパルトはステーションがなにを放ったか確かめた。機関銃だ。

ステーションに備えられている二つの兵器、機関銃と擲弾ではむろん機関銃の方が射程は長い。そしてステーションは危険を察知しなければ射撃をおこなわない。かれが出撃前に設定した危険距離は一〇〇〇メートルだった。そして大型目標は危険距離内で探知されていない。つまり、ステーションが捉えたカクテルはバッタだ。

テオパルトは主砲がそのあと二度発砲するまで待つ。バッタの移動速度からして危険なほど近づかれるまで、その程度の余裕はあるとわかっていた。ただしバッタも自爆攻撃をかけてくることがたびたびあるから、軽視はできない。

『猟犬、猟犬6。街に向けて後退。既定の合流点に向かえ。以上終わり』テオパルトは命じた。

ローアカッツェたちはAMEをいっぱいに吹かしながら後退を開始した。普段はかなり静かなAMEだがこのときばかりは甲高い音を響かせている。冷却水として使い切れなかった、水素から生じた水が子供の小便に似た勢いで左右にまき散らされていた。

順調な後退は二キロほど泥を踏みにじったところでマーフィーの法則に捕らえられた。猟犬24が泥に、というより泥で埋まっていた窪地にはまりこみ、身動きがとれなくなってしまった。光電算機は回収班の助力がなければ回収不能と判定している。

テオパルトは即座に命じた。

『猟犬24、猟犬6。ただちに戦車を放棄、脱出しろ』

もちろんかれはその命令を本気で口にしている。その点に嘘はない。

しかし実現の可能性、その高さについて夢を抱いていたわけではなかった。

『有り難い話ですがね、そりゃ無理ってもんです』通信規則を守るつもりも失せたらしい猟犬24の車長の返信には、不可能事を命じたテオパルトを慰《なぐさ》めるような響きがあった。

『周りは泥沼。徒歩じゃ一歩進むにも一〇分はかかりますね。というわけで、俺たちは最後までここで戦うことにしますよ、カール。さよなら。以上終わり』

テオパルトはなにもいえなくなった。猟犬24の車長がいうとおりだと知っているからだった。そしてかれらを待っている運命については——幸運を祈る、ともいえない。『大いにやってくれ』自分も規則を無視してかれは別れの言葉を押しだした。『おまえたちはいい戦友だった』

返答はなかった。

マルチシールドに車体がほとんど泥に埋まってしまった猟犬24が表示される。そのローアカッツェは自動装塡装置の限界に挑戦しているかのような発射速度で主砲を放っていた。自棄《やけ》になって、というわけではない。かれらには時間がないからだ。砲弾を無駄にしないよう、努力しているのだった。

テオパルト自身の戦車は合流地点に向けて疾走していた。バッタたちの先陣はすでにそこへ向けて駆けており、ローアカッツェの前方にも飛びだしてくる。むろん戦車はスピードを緩めない。自動射撃ステーションが作動し、Sゲレートが飛びだしてバッタをなぎ倒す。防御火器のつくりだした死の壁を突破するものたちもいたが、幸運なことにかれらは爆薬を背負っておらず、履帯に踏みにじられるか、あるいはただ車体に身体を砕かれ、ぐしゃぐしゃになってはね飛ばされていく。履帯や転輪は泥と肉と血液の混ぜ合わされた奇怪な物質によって隙間が埋まり、車体の表面は泥と血液で塗装された。どういう理由によるものか、車体の凹凸に引き裂いた肉体の一部をはりつかせた戦車もあった。

猟犬24を支援するための射撃はむろん、できない。砲弾はなるべく残しておかねばならないからだ。市内に展開している砲兵隊が発砲を控えているのも同じ理由だった。充分とはいえない砲弾を、テオパルトの中隊を市内へ迎え入れるときの支援用に温存しているからだ。

猟犬24の自動射撃ステーションが周囲に向けて曳光弾をまき散らすのがわかった。ややあって擲弾も放ちはじめる。闇の中で小さな爆発が次々に生じている。

しかし敵はその嵐を易々とはねのけたようにみえた。Sゲレートが次々に放たれはじめたからだ。自動射撃ステーションとは異なり、大きな角度で空中に打ち上げられる擲弾。それは猟犬24の周囲、高度二〇メートルほどで炸裂すると地表に爆風と小さな鋼の矢を無数に降らせた。あいかわらずセンサーは小さな目標についてぼんやりとしたイメージしか表示していなかったが、矢の雨が降り注ぐと泥以外のなにかが地上で悶《もだ》えているのがわかる。

そして、限界がやってきた。バッタに加え、サイやカバまでが猟犬24に襲いかかったからだ。ちなみにカバは六足歩行で、装甲擲弾兵の防御線を踏みにじる際によく投入される。

それでもなお戦車は発砲を続けていたが、カバが砲身の下へ潜りこむとそれも止んだ。そのカバも爆薬をくくりつけており、車体前面へのし上がると同時に自爆したからだった。

車体そのものは破壊されなかったものの、砲塔の旋回がやんだ。自動射撃ステーションが半壊していた。それでもなおSゲレートはは なたれ続けていたが、しばらくして沈黙する。弾が尽きたのだ。するとたちまち、砂糖に群がる蟻など及びもつかない勢いでバッタたちが車体に群がっていく。通信が入った。

『じゃあみんな、おまえらの幸運を祈る。中隊長、残弾をこういうことに使っちゃうの、勘弁してくださいよ！　人類万歳《バンザイ》！』

バッタたちに群がられ、黒々とした小山のようになっていた猟犬24で閃光がきらめいた。砲塔が車体から外れ、一〇メートルほどもとびあがったあと、地上へと落下した。車体は炎上をはじめた。周囲でバッタどもの背負った爆薬が誘爆を起こしている。

感傷にひたる間もないうちにスヴィネミュンデ防衛隊からの通信が入った。

『猟犬、猟犬、穴熊。ゲート開放。支援を開始する。終わり』

すぐさま市内から砲撃がはじまった。ゲートが開かれたことを確認したテオパルトは中隊に市内への後退を命じた。かれは罵りを漏らす余裕すら与えない現実を呪うだけで精一杯だった。

5

ライト・フライヤーには学術用の統合センサーが備えられているから、軍用ほど広範囲でないにしろ危なげのない夜間飛行が可能だ。むろん地上の状況確認も。

しかし国場は夜明けを待ってから飛ぶべきだと決めた。正統人類連合党軍の暗視装置はそれほどの性能ではないようだし、包囲された街の、必ずしも高度に自動化されていない対空兵器が敵味方識別装置《IFF》の応答に従うかどうかについて自信がもてなかった。なにしろスヴィネミュンデにはよくいって二〇世紀中盤レベルの、玩具《おもちゃ》のような高射機関砲などもあるという。それにあの街にいる将兵は追い詰められた気分のはずだ。なにかの拍子に撃ってこないとも限らない。

国場自身がその機体に乗りこんでいたのは、部下に情報収集を任せて、という状況であるとは考えられなかったからだ。ライト・フライヤーは四人乗りだが、同乗者は一人きり、ウルスラだけである（『わたしが一番扱いになれているのだし、現地情報の説明も簡単なはずよ』と彼女はいった）。国場はむろんその必要はないといったが、それはあくまでも連邦宇宙軍士官としての見栄がいわせただけであることを二人とも承知していた。この惑星に慣れており、かつ軍の理屈を承知している者の同行は確かに有り難いからだ。

なお、ウルスラも支援ドローンに積みこまれていた予備のラグを装着している。ただし彼女は軍人として同行しているわけではないから、武装は封印されていた。

ライト・フライヤーにはただひとつ軍用レベルの装備があった。簡易光学迷彩機能だ。むろん回折式の透明化も短時間なら可能だ。熱の問題は軍用よりましなぐらいかもしれない。小型超伝導モーターで回すダクテッドファン（といっても外見はナノ成形されているため生物的ですらある）を用いて進むため、発生する熱量はごく小さなものだからだ。そのかわり、だせるのはせいぜい時速五〇〇キロ程度。ただしスヴィネミュンデはポッドから三〇キロほどしか離れていなかったから、現場へはすぐに到着した。

『機体色を警告色に変更』ウルスラが告げた。ラグのヘルメット内ディスプレイ《HID》に投影された顔は感情が感じられないだけにますます整ってみえる。

『了解』国場はこたえた。『連邦宇宙軍標識並びにＩＦＦ以外での識別発信も忘れずに』

『わかって――了解』

空中でライト・フライヤーはいきなりどぎつい黄色にかわる。同時に地球連邦のマークと連邦宇宙軍《STARMY》という文字が機体表面へ大きく表示された。それは国場の指示でおこなわれているので形式上は連邦宇宙軍に徴用《ちょうよう》された機体ということになり、違法ではない。同時に救難周波数並びに無線傍受から判明した上級指揮回線に向け、こちらは連邦宇宙軍査察機、当方に対する攻撃は連邦基本法の違反となる、という通信が繰り返される。

『捜索レーダーだけだ。照準レーダーの電波はない』ＨＩＤに示された情報を国場は口にした。

『わたしのラグにも出ていてよ』ウルスラはこたえた。

『だろうね。これはまあ、女性に対する礼儀ということで』国場はいった。

冗談めかしたやりとりを続けられたのはそこまでだった。機体が高度五〇〇メートルでスヴィネミュンデ上空に到達したからだ。

『現役士官のご感想はどうお？』からかうようにウルスラはいった。しかし国場のラグには、彼女の緊張が高まっているという生体データが表示されている。

だがかれは、そんなものを気にしていられない気分になっていた。

『これは……』

言葉が出てこない。

市壁に囲まれた街と港。港には沖へと張りだすように作られた防波堤があった。カマボコ形《Dシェープド》の構造物をつなげたもので、ぼつぼつと穴が空いている。それ自体はいい。昔ながらの半円形ケーソンだ。

しかしその最上部は通路になっていて――いや、それもいい。だが、そこに大昔の軍艦のように自動砲塔らしきものが並んでいた。つまり防波堤というより防御壁なのだ。

港そのものには、さまざまな艦船がひしめいている。しかし活発さは感じない。戦闘艦艇らしきものの多くは損傷し、甲板まで海に浸して沈座しているものすらあるからだ。それだけではない。防波堤を出てすぐの外海で横転している船が何隻もあった。

なお防波堤の外側にはお互いに連携をとれるような位置に建設された、海に太い支柱を何本も突き刺して本体は海面から二〇メートルほども離れているだろう箱形建造物もあった。なにかの観測ステーションかと国場はおもったが、光電算機はそれが第二次世界大戦当時テムズ川河口域などに建造されたマンセル要塞をその起源とする防御施設だと判定した。

一方、市街はいかにも植民惑星らしい簡素かつ無機質なつくりだった。ただし計画的に見える街並みは市の中心部、地球的な公園やオフィスビルらしきものがあるあたりだけで、市壁に迫ると迷路のようになっている。

『スラム……じゃないな』偵察衛星のもたらした情報と比較しつつ国場はつぶやいた。

市の外周はすべてトーチカや自動銃座、砲座と化しているからだった。すなわち迷路めいたつくりも意図的なもので、侵入した敵を迷わせ、無数に設定されたキル・ゾーンにおさめるためのものに違いない。

外周部で例外といえたのは、装甲車輛プールがもうけられているあたりだった。古色蒼然たる榴弾砲（さすがに自動装塡型だ）が展開していると光電算機が判断した陣地が本来の計画市街、その公園区画に置かれているのは射程が長いためだろう。

　街を守っているものはそれだけではない。外周区画のさらに外側には市壁があった。高さは平均して一五メートルほどだろう。その形状は国場を戸惑わせた。大昔の城塞都市的に街を囲んでいるのは確かなのだが、永久築城としては不可解な面もある。相手の砲撃を考えていないかのようにむきだしで防御火器群が市壁上に据えられていたからだった。そもそも外周部に永久築城拠点化した防衛機構を持っているのに、なぜ市壁が必要なのかもかれを戸惑わせている。

『いろいろとわからないところがある』国場は呟いた。

『なら、こちらを見たらわかるかも』ウルスラがいい、ライト・フライヤーを東に向けた。

市壁の東側では装甲戦闘車輌やラグとくらべると子供のオモチャ程度に違いない装甲服を装備した機動歩兵――ALH軍は装甲擲弾兵と呼んでいる――に護衛された建設機械が動き回っていた。大抵は排土板《ブレード》を備えており、それによってぐしゃぐしゃの地面を削っている。

　いや、削ってはいたのは地面だけではなかった。

　国場はライト・フライヤーに元から備わっているカメラがもたらす映像を拡大した。

〈島風〉が撒いた衛星が得た情報を降下艇の光電算機が処理したのちにかれのラグへ送ってきてはいるのだが、その処理には限界があった。といっても技術的というより想定した状況の問題だった。光電算機の自己推論機能はどうしても『これまで』の影響を受けがちで、収集能力の限られたマイクロ衛星のもたらしたものをそれにあてはめて解釈してしまう。つまりいま国場が目にしているものを自然地形上の植生として表示していたのだった。

だが、高度五〇〇メートルから学術用センサーがもたらした情報は違った。拡大していけばそこにあるものがそのまま見える。

泥濘に散らばり、埋もれているものは植物などではなかった。大小の動物の死体。それも無残に破壊されたものだ。

死体は街の東側にある泥の海を埋め尽くしていた。どれほどの数になるのか、そちらは光電算機に解析指針の変更を指示するだけで即座にわかった。

すくなくとも五万以上の死体が泥にまみれている。一九世紀の北アメリカや二〇世紀初頭の旅順、ヴェルダン、ソンムでもこれほどの惨状を呈してはいなかっただろう。

国場にとっていくらか救いに感じられたのはそこには明らかに人類とはおもえないものが多数含まれていることだった。

しかしウルスラはかれに安堵を許さなかった。

『ほっとしてらっしゃるところ申し訳ないけど』彼女はいった。『多分、というか絶対、あの泥のなかで死んでいるものたちすべてがＦＨＰの〝人類〟よ。遺伝子弄りの結末。あもちろん、なにかと面倒な成体クローンでもあるはず。でないとあれほど死んでいるはずがない』

国場は黙りこんだままセンサーを排土板でおしのけられた混合物に合わせた。

ウルスラの言葉は事実であるとわかった。

かれらは泥とともに死体を処理している。

古典的な戦場清掃という意味として理解はできる。放置された死体は士気、そして衛生上の大問題になるからだ。

どれほどの大きさだろうか、小山のように積み上げられた死体と泥にむけてなにかが放たれ、勢いよく燃え上がった。黒々とした煙がたちのぼりはじめる。

かれの心理マトリクスはウルスラのラグに伝えられていない。そしてお互いの全身はラグに包まれている。なのに彼女は無反応という事実から的確このうえない推測をおこない、それに基づいた言葉を口にした。

『成体クローンが〝兵器〟として生産されているだろう点に問題を感じていらっしゃるわけね、あなたは』

『それ自体は1G法下でも黙認される可能性があるよ、おどろくべきことにね』国場は少なからぬ数の女性が有している超能力に驚きを覚えない程度の経験は持っていた。

『なら、なにが問題？』

『わからない。だから調べよう』

国場は衛星情報で周辺を確認した。ＦＨＰ軍とおもわれる反応は五〇キロほど東に離れている。

『作業をしている連中の近くに降ろしてほしい』かれは将校としての声でいった。『着陸した場合、離陸に問題は？』

『緊急用のアシスト・ロケットがある』

『なら、降りてくれ』

国場は地上の映像を睨んでいた。建設機械が作業している場所から五〇メートルほど東に寄った場所で、泥をはねながら蠢いているものが一〇個ほど見受けられる。光電算機のあらたな分析によれば〝人類、あるいはそれに近いもの〟となっている。

と、そこにいきなりなにかが飛来する。爆発した。建設機械の周辺で警戒についている装甲擲弾兵が放った擲弾だった。しかしまだ動くものがあった。今度は銃弾が浴びせられる。

生命の反応は消え失せた。

表面を嫌味なほどの黄色に染め、白々しいまでに鮮やかな連邦宇宙軍の表示を描いた小さく不格好な機体はほとんど無音で清掃作業班へと接近してきた。機体の左右にあるダクテッドファンがゆっくりと向きを変え、速度が低下する。幅のひろいスキッドを降ろしてとりあえずの清掃を済ませた、すこしはまともな地面らしくなった場所へそっと着陸した。

キャノピーが開き、ＡＬＨ軍が絶対に入手できない強力な強化外骨格型戦闘服を着用した連邦宇宙軍の兵士らしい二人がおりてくる。それなりの重量があるのでかれらの足下は泥にめりこんだが、倍力機構はその影響を軽々と打ち消してかれらを歩かせていた。

地球野郎《エルデ・バスタート》め、疲れ切った作業員、あるいは兵士の誰かが罵った。燃え上がる死体と泥の山がそばにあり、吐き気のする匂いが漂ってくるとあらば、気分がささくれ立つのも無理はない。

しかしテオパルトは自分が冷静であることに驚いていた。

本来はここにいる必要はなかったが、戦場清掃作業が東側一〇キロのラインまで予定されていることを知って様子をのぞきにきていた。といっても戦車隊員であるかれが手に入れられたのは腰から下だけをサポートする簡易型の倍力歩行装置だけだったから、さまざまなものを呪いたい気分はかわらない。しかし仕方なかった。清掃区域には自爆したかれの部下たちが戦車と共に骸《むくろ》をさらしているのだから。

整備の良い舗装路を歩くような調子でやってきた、たしかラグと呼ばれている強化外骨格型戦闘服のヘルメット、この惑星のそれならばバイザーが備わっている部分に男の顔が表示された。珍しい東洋系だとわかる。

『連邦宇宙軍陸戦隊、国場大尉です』スピーカーから声が響いた。

「正統人類連合軍、テオパルト大尉であります」カールは母音のきつい融合英語で応じつつ敬礼する。「自分は最近昇進したばかりでありますので、あなたが先任だとおもわれます、国場大尉」

『了解した、テオパルト大尉』国場はさっと答礼した。他者を従わせることに慣れている人物の態度だった。

「それで、ご用件は？」テオパルトはたずねた。「ＡＬＨ政府はハイリゲンシュタット星系政府に反逆をおこしているわけではないとしております。すなわち地球連邦政府に対しても同様です。ちなみにここでの戦いはまったく防衛的なものであり、星系限定主権内にとどまるものであると自分は確信しております」

『貴官の言葉は意見として承《うけたまわ》っておく、テオパルト大尉』国場はこたえた。『しかし軍隊がそういうものではないのは貴官も知ってのとおりだ』


ますます面倒になってきた、と国場はおもった。

この星での内戦が星系限定主権内におさまる問題というのは――ただ星系を通り過ぎるだけならそう受け取ってよかったかもしれない。

しかし他星系から調査に訪れたラーマンとかいう学者が連邦代表部へその一方、自由生《FH》態党《P》側に連邦基本法違反の疑いありと申し立てた。

もちろんそれは国場が降下を命じられた本来の任務ではない。かれはあくまでも取り残されたウルスラを救うために降りたのだから。それがどういう経路でやってきたのかはわからないが、あるいはラーマンが要請したのかもしれない。男女としては決別しても見捨てはしない、そうした救いどころのある人物なのかもしれなかった。

　しかし救われるべきウルスラは自分ではなくＦＨＰ——というより、この星の特殊な人類についての問題を持ちこんできた。七〇年の呪い。最初、彼女はそういった。

　連邦基本法は人類は市民たりうると定めているが、どこまで地球人類の本来的な姿と異なっていたら人類でなくなるかについては定めていない。むろんそれはクローン問題を回避するためだ。地球人類の自然的状態だけを人類だとするならば、たとえば地球と宇宙の日本人たちの大半は人類ではないことになってしまう。かれらは人口回復、人口増加のために宗教的な縛りのある国では不可能なほどの勢いで人体の欠陥を取り除いたクローンを大量につくりだした。そしていまや日本人のほとんどはそうしたクローンたちと交雑している。

　国場はドイツ人将校、それも一九一四年のプロイセン貴族将校ではなく一九四四年にロシアで戦っていた国防軍《ヴェアマハト》将校のように見える若者にいった。

『周辺を調査したい。これはあくまでも個人的な意見だが、貴官の所属する武装勢力はなんらかの意味で過剰とみなされるだろう暴力行使をおこなっているように見受けられる』

「そう判断されたもっとも端的《たんてき》な理由をうかがいたいものです」若者はいった。

『貴官等が戦っている相手についても人類であるから、というところだね』

若者は面食らった顔になったあと、弾《はじ》けるように笑いはじめた。

『テオパルト大尉？』国場はたずねた。

「いや、失礼。人類ですか。以前はFHPについてそう主張していた奴もいました。いや、他ならぬ自分もその一人でした。むろんいまは違いますが」

『ならばその理由を知りたい。貴官の口以外から』国場はいった。『とはいえ貴官の上官やALH指導部の主張を聞かされたいわけでもない。こちらが知りたいのは、この泥にまみれた事実だ』

「そうですね」若者はあたりをみまわした。「一〇キロ圏内は何度か清掃されていますから、東へ、それ以上離れた場所で——昨夜ではなく、以前の戦闘で破壊された車輛、その残骸を探られるとよろしいでしょう。軍用だけでなく、民間のものもたくさんあるはずです。あなたがどう判断されるかはわかりませんが、すくなくとも自分が考えを変えた理由はおわかりいただけるものとおもいます」

国場とウルスラはライト・フライヤーへ戻った。

『あなたは一言も口を挟まなかった』国場はいった。

『そうね。そうすべきではないとおもったから』彼女はこたえ、機体を離陸させる。

『考えてみれば最初からあなたの態度は奇妙だった。確かに自分の救助という以外での助けを求めてはきた。人類を、七〇年の呪いがかけられた者たちを救って欲しい、とも。しかしどちらの勢力を救え、とは一言も口にしていない』

『宇宙に奇跡はあるのね』彼女は嬉しそうにこたえた。『出会ったばかりの殿方に、そこまで深く理解していただけるなんて』

『国場義昭のことはどれほど舐《な》めてもかまわない』国場はいい、柔らかな発音の融合英語で続けた。『しかし、連邦宇宙軍、いや地球連邦についてはやめた方がいいよ、ウルスラ。兵学校同期たるあなたにこんなことをいうのは、われながらおまえ何様だよ、とおもうけれど』

『正直にいうけど、わたしにもすべてがわかっているわけじゃない。ドローンでの調査、それに保護したあのひとたちとの機械越しのやりとりで想像したことが多い』彼女は静かにこたえたあと、正しさを求める少女のような調子でつけくわえた。『なにかを確かめたいのはあたしも同じなの、あなた。よろしい？』

ライト・フライヤーはすでに着陸態勢に入っていた。

周囲には多数の車輛、その残骸があった。履帯式のものが多かったが、テオパルト大尉のいったとおり民間の車輛も数多い。スクールバスだったとわかるものもある。センサーはその中に人類の遺体があると知らせてきた。

機体を降りた二人はスクールバスに向け倍力装置を効かせながら駆け寄った。

履帯式のバスは中央が押しつぶされたあとで横転したようだった。窓から、腐敗して膨らんだ小さな腕が突きだされている。

国場はひしゃげたバスの窓枠を倍力装置の力で取り除いた。見たくない、なにも見たくないと思いつつセンサーのもたらす情報に注目する。そこでなにがあったかを知るには一瞬の注目だけで十分だった。

『ああ』ウルスラの嗚咽《おえつ》が聞こえた。『わたしはやはり女なのかもしれない』

『いや、あなたは正しい。女ではなく人間としてだ、ウルスラ』国場はこたえた。

当然だった。スクールバスの中には回収されていない子供たちの遺体がいくつも折り重なっていた。かれらの身体は砕かれ、潰され、折れ曲がり――喰われていた。

Ⅲ

一般待機命令

マルチセンサー
多砲身機関砲装備型
自動射撃ステーション
装甲兵急速展開装置
積極防護
装置
バッタ
ゾウ
自由生態党党員
サイ
カバ

装甲制圧車　ベルクカッツェ

ライト・フライヤー

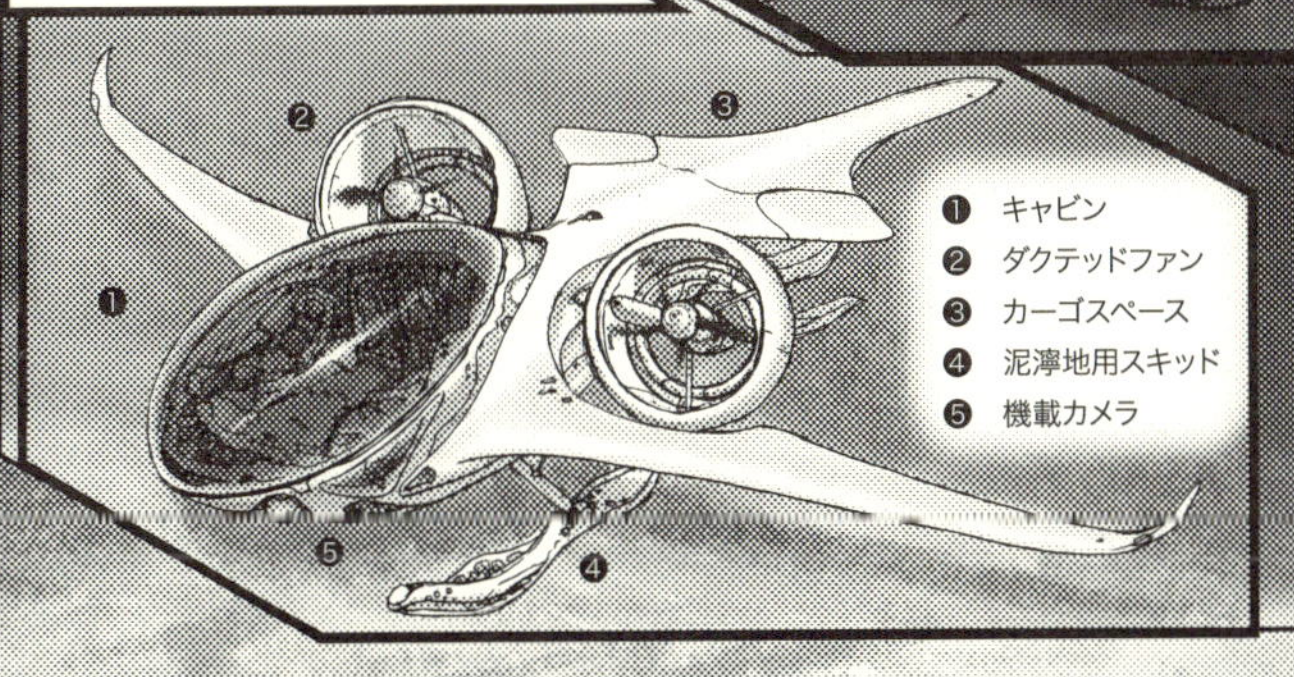

1

国場はラグとリンクしているライト・フライヤーの光電算機へ生体電流センサー経由で命令を入力した。

機体後方のカーゴスペースが開放される。出発前にそこへ収めていたドローン・パッケージがすぐに作動した。小さな物体が次々に空中へ射出されはじめる。

『自律型無動力滑空センサー《グライドローン》』かれはなにごとかと視線を向けてきたウルスラへ教えた。『能力は限られているが、うまく風をつかめば半日以上は飛び回る。数日飛ぶこともあるらしい。過剰な期待は禁物だけれど』

『わたしのさほど長くはない現役時代、ずっと後方勤務だったから、そういうものには縁がなかった』ウルスラはこたえた。

つづいて国場は掌《てのひら》に収まるほど小さなパッケージを取り出すと凄惨《せいさん》きわまりない現実の存在しているスクールバスの車内へそれを投げこんだ。パッケージは自動的に開き、小さな風船を膨らませて浮き上がる。こちらはウルスラも知っていた。

『浮遊カメラ《バルーン・アイ》を好き勝手に使うなんてさすが宇宙軍ね。学術調査じゃ無理よ』

浮遊カメラ、その大抵のパーツは生物分解性だが、自然環境の汚染源たりうる部分は必ず残るからだ。そうしたものはとても学術調査には使えない。なおこのカメラは無レンズ式で、バルーンをかたちづくっているフィルムにとらえられたものを画像センサーが処理し、運用者の求める画像情報へと変換する。

——と、二人が車輛の残骸や遺体が無数に転がるこの腐敗した泥濘でどうでもいい会話をしていたのは、もちろん自分たちを取り巻く現実から精神を守るためだった。

『ウルスラ、あなたのプライヴェートに踏みこむという意味ではなく、モハド・ラーマン教授について知りたい』グライドローンの展開状況を確かめながら国場はいった。『というより、かれはこうした現実について気づいていたからこそ、連邦市民権を有しないものは人類ではないと結論したと考えていいのかな。かれがジェネミキサーたちの外見にちょっとした衝撃を受けてザンクト・コロリョフスカへと逃げだしたのはもううかがったけれども、どうもそれだけが理由ともおもえないものだから』

『もっと個人的な理由がありそうだと疑っている、と』

『いささかニュアンスが異なるが、まあ、そういう方向だとおもってもらっていいよ』

『モハド——ってこれは地球の東南アジアあたりのなまった読み方みたいで、本当はムハンマドらしいけど——は優れた学者だといっていい』ウルスラは教えた。『ああ、男としてはもっと魅力的だったわ。アラブ的美形だし。知ってる？　アラブ人男性は美を重んじるものだから、化粧するのが当たり前だった時代があるって』

『アラブといっても色々じゃないかな。わたしが知っているのは、ムスリムは女性をけして傷つけてはならないから、捕虜の敵兵、もちろん男を強姦することが珍しくないというぐらいだね。いや、アラブすべてがムスリムでないことぐらいは知っているけれど』

『〈ヲルラ〉も？』

『昔、〈ヲルラ〉捕虜を強姦しようとした奴はいた。日本人だったそうだけど。なんでも、ひどい戦闘で精神をやられていたし、そいつの好きな古典的なアニメーションのキャラクター、その形態クローンだったものだから我慢できなかったらしい。神聖破壊のつもりだったのかもしれない。地球の自然を守るために攻め寄せた〈ヲルラ〉——環境保護艦隊や駆除兵団の将兵が人間の性器にあたる位置に自爆装置を埋めこんでいるのは知らなかったんだな』

『あなたがいくら自分の民族についての不名誉な事例を語っても、あたしがモハドについてはっきりいえることは限られている。で、あなたはベッドでのかれについて知りたいわけではないはず』

『まあ、そうだね』

『ならばこの星系の連邦代表部が摑んでいる情報をあなたが評価したほうが現実の役には立つわね。まあ、誰の精神にも限界はあるというところじゃないかしら。〈ヲルラ〉の強姦を企んだ兵士と同様に』

　国場はくすりとした。かれにとってウルスラはますます魅力的に感じられてきた。この出来の悪い地獄じみた場所にいるとなればなおさらだ。小さく息をもらしたあと、かれはパッケージから取りだしたものを機体の適当な場所へ吸着させる作業をはじめた。

　しばらくして、学術的探究心って泥と死体が入り混じった場所じゃそれほど役に立たないみたいだわと彼女がいった。軍人精神の廉潔《れんけつ》さも似たようなものだよと国場はこたえた。自分たちがこの惑星のすべてを呪うような気分になっていることがわかった二人はラグの倍力機構、その力強さに感謝しつつライト・フライヤーへと戻り、汚染除去措置をとったあとで機体を離陸させた。ただしかれらは自分たちがさらにこの地獄へ踏みこまねばならないことを知っていた。まだ片側としか接触していないからだ。

　離陸するなり、光学迷彩機能を作動させるようにと国場は命じた。

『軍用機じゃないから電子《EW》戦能力はないわよ』機体を回折透明モードに移行させつつウルスラはいった。

『指揮用ラグにはある』国場はこたえ、自分のラグに備えられている戦術電子妨害装置を作動させた。むろんライト・フライヤーの光電算機をスレイヴ化してあったので飛行に支障はない。

同時にかれはあらかじめラグの戦術光電算機へ転送してあったラーマン教授の〝通報〟を要約したデータへあらためて目を通した。というよりそれはウルスラにあれこれ訊《たず》ねているあいだもヘルメット内ディスプレイ《HID》に小さく表示され続けていたのだった。

国場の体内電流を感知した戦術光電算機は眼球が一定時間以上向けられた部分を要約し、データ内に存在する関連する情報とともにさらに短く、忘れがたいかたちで示し続けている。便利な機能ではあるが、ただそれだけで語っていいものではない。なにか問題が起きた時――ことに連邦基本法に抵触しかねない事案の場合は即座に警告もするからだ。すなわち独立して作戦行動にあたっている地球連邦宇宙軍士官は洗脳で意思のある部分を制御されると同時に、自分専用の軍事法廷、その被告席へ常に座らされていることになる。実のところ洗脳はそうした面でも必要とされていた。そうでもなければ軍事法廷と四六時中一緒で積極的な判断ができるはずもないからだ。もちろんこの種の情報の脳内投影も可能だが、意識がそれに引きつけられすぎて咄嗟《とっさ》の判断に悪影響を与えることがあるため、いまの国場はそれを選択していない。

『さっき機体にドローンっぽいものを貼り付けていたけれど、どうなさるおつもり』ウルスラがたずねてきた。

『目敏《めざと》いね』国場はいった。苦笑を浮かべているに違いない口調だ。

『すべての女がね』ウルスラもヘルメットの中で微笑みを浮かべていた。

『軌道にばらまいた衛星が仕事をしている。このあたりで一番の要所が間もなく判明するはずだ、自由生態党軍《FHP》にとっての。ああ、かれらと新たに接触することについてはどうかな？』

『感情のレベルで、であればいうまでもないこと。でも、連邦宇宙軍へ協力している連邦市民としてはまた別』

『あなたはFHPのジェネミキサーたちを守れと連邦宇宙軍へ要請した。口頭でだったが、こちらの規準においてあなたの言葉は公式の要請ということになる。すでに光電算機にも記録されていて――ああ、ラーマン博士の要請についても公式には受け入れられているよ、もちろん』

『まあ、残念。あなたがわたしの魅力に参ったからだとばかりおもっていたのに』ウルスラはこたえた。むろん本気でそう口にしているはずもない。彼女も軍にいたことがあり、連邦宇宙軍にハニー・トラップ的な行為が通用しないことは知り尽くしている。

それは〈接触戦争《ワースト・コンタクト》〉の後、〈ヲルラ〉の形態クローンを用いた工作について様々な可能性が検討された結果だった。かれらは心理戦《サイオプ》を大変に重視しており、たとえば日本列島へ降下させた特殊戦部隊はあの国で過去一〇〇年ほどのあいだに製作された様々な非実在キャラクターを模していたぐらいだ（昔、地球から放たれたUHF波が教えるものを考えもなく立体化したわけではない）。無駄だったとはいえない。三〇〇名以上の〈ヲルラ〉駆除軍団の形態クローン兵を狙撃で斃《たお》し、アニメ殺しと渾名《あだな》された陸上自衛隊特殊作戦群の狙撃手がいたが、かれはエルフじみた（というか、そっくりという意味では明らかに著作権法違反の）〈ヲルラ〉兵だけは見逃したことでも知られている。そうした事例が研究されたあげく、生物工学的偽装を放置していた場合は人類の存亡に関わると結論された。たとえば、伝統的防諜対策では形態クローン工作員によるハニー・トラップ工作には対処しきれない——ならば、こちらが根底から変わってしまう他ない。つまりそれは強制意識誘導実現への補助ロケットともなったのだった。

『確かに残念だ』国場は同意した。『ただあなたの魅力に惑わされていた方がよほど男として幸せだったろうに——うん、でた。FHP軍も通信は使っている』

『かれらは見かけがああなっているだけで、全員が原始人というわけじゃない』ウルスラは硬い声でいった。『人類領域から集まって来た政治思想や生物工学のリベラリストたち、その子供や孫といえるから、むしろ知的な程度は高い。なにしろ〝大学〟だってあるそうだから。それに、第一世代にも生きている者はいるはず。あれほど遺伝子を弄《いじ》っている者たちが抗老化遺伝子《サーチュイン》だけ弄らずにいられるはずがない』

『なのにあんなことをしている』

『一九四〇年代前半、第三帝国で生体実験をしていた連中も、当時最高の教育を受けていた連中だった。それですべての説明がつくわけでもないけれど。たしか日本人も、最高の医師たちが敵兵を生体解剖したことがあったはず』

『うん、そこが問題だ――一番近いＦＨＰ軍司令部らしいものとコンタクトをとる。衛星経由で強指向性送信するからこちらの居場所はわからないはずだ』

現在の気温は摂氏二七度。湿度九五パーセント。風力毎秒四メートル。すなわちなにもかもがべったりとしてしまう有様で、人類のだれもかれもが不快さを感じるはずの環境だった。そしてこの惑星の少なからぬ場所ではそれがもう数百年は続くものと見こまれている。連邦大議会で、あまりにもテラフォーミング実施基準が緩すぎるのではないかと追及する議員が時たまあらわれるのも無理はない。もちろんそれは〝人類の生残性向上〟という地球連邦の掲げる〝正義〟の前に敗北している。そもそも、誰にとっても不快であっても惑星上の大部分を呼吸の補助なしで動き回ることができるのであれば、宇宙レベルでいえば誤差のようなものに過ぎない。

『ポッドでその、あなたが保護した者たちを目にして』国場はおずおずといった。かれにしては明快さへ欠ける言葉なのは、洗脳によって刷りこまれた反レイシズム規定とぶつかっているからだ。

『前にアメリカ的な〝スーパーヒーロー〟を揶揄《やゆ》したけれど』ウルスラはオートパイロットに任せている気楽さのあらわれか、世間話のような調子で応じた。『ＦＨＰが到達したのもやはりアメリカ的な幻想のひとつかも。宇宙的恐怖。ラブクラフトってお読みになったことある?』

『名前しか知らない。おそらくラブクラフトに影響を与えたのだろうギー・ド・モーッパッサンは軍が基礎教養として頭に刷りこんでくれた。なにせヲルラの名前はかれの作品から来ている』国場はこたえた。『しかしその、あれ——ううん、〝かれら〟を一度目にしていれば、どういう方向の幻想なのかは想像できる』

『正統人類連合——ALH側の通信は拾っていて、かれらの暗号はポッドの学術用光電算機でも解読できる程度のものだったからいろいろわかった』ウルスラは教えた。『ALHはFHPの人々すべてをカクテルと呼び、わたしが保護したような人々をバッタと呼んでいる』

国場もそれについてまとめたファイルをHIDで眺めていた。

『ゾウだのサイだのと……レイシズムどころじゃないね』

『そのとおり。でも、あの姿を目にして〝人類〟とはおもいたくない気持ちも理解はできる』

戦術光電算機がHIDに警告を表示した。国場の送った通信に対する返答だった。

2

泥濘に塗りつぶされ、沼森や密林の類いで覆われたこの激戦地、グロス・ポンメルン自治州、ことにＦＨＰ側の支配地域においては意外といっていい場所にライト・フライヤーは着陸していた。地面はほんのすこしラグの足がめりこめば済む程度には乾いていて、どの沼森とも何キロかは離れていた。おまけにここにはＡＬＨ軍と大差のない指揮車輛のコンボイが円周防御態勢をとって布陣している。

『おかしな戦争』ウルスラは呟いた。『誰も空のことなんか気にしてもいない』

確かにそうだった。連邦による制約のため、この内戦では航空兵器も、そして宇宙兵器も用いられていない。展開されているのは二〇世紀から二一世紀にかけての技術をつまみ食いしておこなわれている陸海の戦いだ。

『内戦の類いに陥っているどの星系でも似たようなものだよ』国場は教えた。『あなたが軍にいた頃、そういう教育を受けなかったかな？』

『少なくとも覚えてはいない、かな』ウルスラはいった。『宇宙軍軍人といっても、本当に後方勤務だったたし。理由はもちろんわかるけれど、おかしな話。戦いを一日も早く終らせるためには当面の暴力は連鎖しつづけたほうがいい、なんて』

本当だった。過去の様々な内戦を分析した地球連邦は、それが終わりを迎える条件は一つだけである事に気づいたからだ。研究者たちは高度なシミュレーターを用いて研究をおこない、この宇宙が収縮しはじめる頃になっても読み切れるものはいないだろう量のレポートを積み上げたが、それらを要約してしまうとこうなった。

外部のとてつもなく強大な勢力が介入し、すべてを叩きつぶしたあと、居座り続ける。当事者が戦いを続けられないほど疲れ果ててしまう。

経済的な成功だの、意識の変革だのといったものに内戦を回避させるうえでの意味はなかったのだ。〈接触戦争〉以前であれば一部のプラグマティストたちにしか受け入れられなかっただろう容赦のなさだった。

しかし人類はあの戦いとその結末に学んでいた〈学びすぎている、という批判もある〉。体裁をつくろっているばかりでは絶滅してしまう、という現実的な恐怖感がそれを後押しもした。

そして同様に、『とてつもなく強大な勢力』として連邦自身が常に振る舞えるわけではないこともわかっていた。やはり過去の事例から、ありとあらゆる〝帝国〟的な存在は支配者として振る舞う限界に達して衰退したことが明らかだったからだし、〝小さく・軽い〟政体を目指しても既存のあれこれとのしがらみを立ち切れるものではない。むろん放置は連邦の存在意義を疑わせるから論外だった。

　ここで大抵はマイナスの影響をもたらすことの多い恒星間国家という現実がプラスに働いた。ことに人類の恒星間植民はテラフォーミングされた惑星におこなわれるものが基本だ、という点である。これは、いわゆるスペースコロニー式植民では技術的のみならず安全保障的な意味で脆弱《ぜいじゃく》すぎるからだ。そしてそれはもうひとつの事実も意味した。植民者たちが独自の宇宙利用システムを有していなければ、すべてを惑星内へ閉じこめておける。

　連邦はこの点を活用することにした。ハイゲートと衛星を経由した〝情報〟面での太陽系との不可欠なリンクをつくりあげ、惑星上には連邦代表部を設ける程度で、あとはすべて自由にやらせる。ただし、内戦状態のまま、あるいは連邦へ敵対する政治的意思を持った状態で、強大な軍事力を保有することは許されない。遊びたければ自分の砂場でだけ遊べ、ということだった。

『まるで悪夢』ウルスラは吐き捨てるようにいった。『それがたぶん、人類全体の生残性向上という意味では役に立っているとわかるから、なおさら』

『いつかは変わるかもしれない』国場はいった。『〈接触戦争〉以前なら女性差別だとみなされただろう政策や、1G法の規制も含めて』

『あなたのそうした態度そのものが差別的、昔ならそう受け取られたかも』ウルスラはまぜっかえした。『ああもちろん、これは殿方に甘えているのよ？』

『うん、実に嬉しいよ、それは』国場はこたえた。『しかしわたしがいま、あなたと、その、あなたの以前の大事なひとが持ちこんだ二つの訴えに束縛されていることもまた事実だ。そしてそこには内戦が、この惑星上で、適度なレベルの技術的手段を用いておこなわれる限りは星系限定主権内の行為とみなされるものが分かちがたく絡んでいることは間違いがない』

『なんて素敵な恒星間植民時代』ウルスラは呟くようにいった。『で、あなたはこの素晴らしい時代の内戦についてなにかをおっしゃっていたわよね？』

『放置しているように見えて、植民した星系にはすべて連邦の多機能衛星が巡っている。つまり空や宇宙で戦えばどうしても連邦の注目を浴びることになるんだ。それも、製造設備を造っただけでね。実は海も大差ない。大型艦を造るだけで目立ってしまう。だから航空兵器が使えないだけでなく、その建造に制限がないはずの大型艦も滅多に建造されない。なにより、そういったものを現実的な意味を有するほど揃えるには金がかかる。内戦に突入しているような星系にとってはことにそうだ』

『おまけに連邦はすべてが終わったあとで調べに来て、〝過剰な暴力の行使〟は限定星系主権の範疇《はんちゅう》を超えると決めつけ、〝悪い奴〟を捕らえかねない？』

『捕らえるぐらいなら幸運といえるだろう。反応兵器《ニューク》程度ならば簡単に製造できるというのに、誰もつくろうとしない理由も同じだ。鮮やかに勝利したあとで犯罪者になどなりたくはないいんだよ。だからこそライト・フライヤーのような軽便機でさえ軍事目的には用いられない。この惑星での戦いがだらだら続いている理由のひとつはそれだな。二〇世紀、ヴェトナム戦争で用いられたような技術レベルの航空戦力ですらこの戦いをＡＬＨの勝利で終わらせられるというのに。なにしろ当時のアメリカと違い、ＡＬＨ自身には軍事力の行使に政治的制約を課す理由はないのだからね。実際、当時のアメリカが一度だけ政治的制約を外した航空作戦を実施した結果、北ヴェトナムは外交交渉を受け入れざるをえなくなった。惑星内における航空戦力とはそれほどのものなんだ』

『ここでもいっそ使っていてくれたら、いい奴と悪い奴がはっきりしていてわたしは楽だったのに』

『それはこちらにとっても同じだ』

むろん暢気《のんき》に雑談をかわしていたわけではない。かれらは待っていた。ＦＨＰの次の接触を。ここまで待たせているということは、それなりの準備を整えているのだとおもわれた。どう扱うかについて意見が割れている可能性がないわけではないが、ＦＨＰが戦場であれほど損害を受けても戦い続けているところから、その可能性は低いと国場は判断し、戦術光電算機もそれに賛成していた。

それに――かれらはなにかを話さずにはいられない気分でもあった。国場はＦＨＰに覚える薄気味の悪さから逃れられなかったし、ウルスラはその一部と接触しているからこそのくすんだ気分があった。

加えてこの円周防御陣地には奇妙なところがあるのも気にかかっていた。一〇〇年前、二〇〇年前、あるいはもっと旹の技術や発想を混淆《こんこう》させて戦っているなら、兵士がたくさんうろついていてもいいはずだ。しかし周囲に人の、またはおそらく人が原型なのだろうとおもわれるものの姿はまったくといってよいほど見あたらない。

さすがに警戒心以上のものを二人が抱きかけたとき、ヘルメット内ディスプレイ《HID》に新たな通信内容が表示された。元々は音声も伝えていたが、催眠暗示等の危険を排除するため、光電算機がテキストだけを表示している。

『国場大尉、ヴルフェンシュタイン博士、こちらへ』

中央のトレーラーで警告灯が明滅している。そちらへ来いということだろう。二人はどうでもいいような、あるいはなにかを暗示しているような会話を打ち切り、浅い泥を踏んでいった。

そこにいたのは老人だけだった。ウルスラのいっていたとおり、第一世代ばかりらしい。

かれらはヘルメットを外しても大丈夫だと告げたが、国場は、

『軍の規定で外せないのです。ちなみに自分は救難任務に伴う一般的な状況確認のためにやってきました。むろん法に基づいた行動です』

と堂々と嘘をついた。といってもウルスラは文句をつけない。彼女のヘルメットにも光電算機は任務施行防護態勢3《MOPP3》を強制継続、という表示をだしていたからだった。ＭＯＰＰは何度も内容が変更されつつ現在も用いられている核生物化学《NBC》戦防護態勢のことで、ＭＯＰＰ3においてはラグを脱ぐことは許されない。すなわち個人の意思ではどうにもならないことなのだった。

「率直に申し上げて、連邦宇宙軍がこの惑星へ降りていることそのものに驚いている」グリーンと名乗った干物のような男がぼそぼそといった。

「我々は連邦基本法に違反などしていない。仮に違反しているという通報があった場合、それはＡＬＨの流したデマよ」ピンクと名乗った老婆がつけくわえる。若い頃はきっと甲高い声で叫んでいたタイプね、とウルスラはおもった。

「我々は〈接触戦争〉後に確立された新たな倫理の徒だ」レッドと名乗った老人がきしるような発音でいった。「正義はこちらにある」

「あんた、名前からして日系だろ」ブラックと名乗った態度の悪い老人が絡むようにいった。「それなら、わかるはずだ。俺たちが地球を出た頃でさえ、日本人はＣ《クローン》だらけになっ

ていた」

他のメンバーからイエローと紹介された、医療器兼用の車椅子に座ったボールのような体格の老人が動物の啼《な》いたような音を漏らす。光電算機はそれを翻訳不可能、おそらく有意言語とおもわれる、と分析してきた。

「とはいえ我々の言葉だけでは判断に困るだろう」怜悧《れいり》な面立ちの老人――ブルーがひどく旧式なデータパックを取り出す。光電算機はその内容を学術ポッドでなら確認できると判定した。


ごく短い時間の、FHP指導部とおもわれる老人たちとの対面を済ませた国場とウルスラはライト・フライヤーへ戻った。ウルスラが口を開いたのは高度が一〇〇〇メートルを超えてからだった。

『あなた、気づいてらしたわよね』

『うん、いくばくかは』

『あなたは自分の目的について〝救難任務に伴う一般的な状況確認〟としかいわなかった』

『それしか口にできなかったからね』

『なのに連中は――あなたが、この内戦へ介入しかねないと考えているかのようだった』

『かれらも連邦基本法についての知識は持っているはずだ』国場は応えた。『そして、ラーマン教授が連邦へ泣きついたことも知っているのだろう。ウルスラ、かれらがあなたの名を知っていたということはなにを意味する？』

『わたしのことは保護した……〝人々〟から伝わっているかということ？　それはわからない。少なくともかれらは機械的な通信手段を持っていなかった。でも、モハドが助手たちを連れて離陸したあと、何度か通信のやりとりはあった。それを傍受されたのじゃないかしら、どこかにいる連中に』

『その、あなたとラーマン教授との意見交換は率直な内容だったのかな？』

『くたばっちまえこのクソ野郎、といったのは覚えてる』

国場はしばらく黙っていた。やがてウルスラは、ラグが笑いによる身体の震えをどう処理するのか、はじめて目にすることになった。

3

「問題を整理したい」

学術ポッドに戻ってラグを脱いだ国場は会議室に主な者を集めた。といっても国場の他に士官はいないから分隊先任下士官であるパノ軍曹、それにオブザーバーという形になるウルスラだけだ。

軍にいたことのある彼女はこの集まりを当然のものと受けとった。何度ものゲートスルーをおこなってオリオン腕《わん》をゆく宇宙艦は様々な事情から軍が望むような編成をとれないことが多く、民間人の協力者を積極的に活用もする、と知っていたからだ。

「まず、ラーマン教授による連邦代表部への通報があった。ポイントは二つ。ＦＨＰは連邦基本法に抵触する存在だということ、そしてポッドに残った同僚を救助して欲しいということ。連邦は第一の点について判断を示さず、〈島風〉に救難任務のための陸戦隊降下を命じた。むろんそれだけならウルスラ、あなたを救えばそれで終わりのはずだ。しかし救われるべき当人は我々に他の存在の保護も求めてきた。ここで問題が変化した」

どう変化したのかは説明する必要はなかった。単純といっていい救難任務は事実上消え去ったのだ。それだけならばただ打ち切って引き揚げたらいいようなものだが、ウルスラはまた別の問題で連邦市民としてＦＨＰを含む公式の保護を求めてきた。と同時に判断こそされていないもののラーマン教授のＦＨＰが人類の敵であるという申し立ても受け付けられてはいる。つまり相反する申し立てについて連邦は受理しているということだ。本来ならば専門の部署が検討すべき状態だった。

しかしいま、この惑星には国場たちしかいない。ハイリゲンシュタットＶの連邦代表部はこの件について〈島風〉へ移管してしまったから無関係になっている。そして〈島風〉は遠く離れてしまった。

「わたしと部下は取り残された研究者を救えと命じられた。ラーマン教授はFHPが連邦基本法に抵触する存在だと訴えた。ジェネミキサーであることから誰でも想像できる1G法違反についても申し立てはおこなわれているが、記録をみる限り、かれは前者をより重んじているようだった。つまり、生命工学的暴走というだけでなく、〝人類ではない〟といっていることになる。しかし――」

「ええ、わたしはそのかれらを人類であると受け取り、かれらについても連邦の配慮があってしかるべきだという意味であなたに訴えた」ウルスラがいった。

「ああ、よろしいですか」パノは国場のうなずきを確かめてから続けた。「これは愚かな質問かもしれませんが、あなたはさほど科学的な根拠というようなものには触れておられませんよね、ヴルフェンシュタイン博士」

「当然よ、軍曹」ウルスラはにこりとしていった。「わたしの専攻は比較文化論だもの。軍で暇な時間が多かった頃にちょっとかじっていたら、意外にやれそうだとわかったものだから」

「つまり調査隊における半端者《オッドマン》だったと」

「というより、理系の研究者だけの視点でかたまってしまうことを恐れたモハドが手配した場当り操作《モンキー》テストの被験者みたいなものだったのよ、わたしは。ああもちろん、〝相手〟を決めておくことで安定を図った面もあったでしょう。アル・ラーマンなんて定冠詞をつけた家名にしているぐらいだから、まあその、僻地《へんち》に出かける時には都合のいい女が必要なのは今も昔もかわらないし」

　鮮やかにいいきった彼女にパノはちらりと微笑んでうなずいてみせた。

「状況が違えばこんなことにはなっていないだろう」国場がいった。かれは礼儀正しく彼女の個人的な話題を取り除いた話をつづけた。「われわれはまず救難任務を果たし、あとは上に任せるか、新たな命令を与えられるまで待ったはず。まあ、ウルスラ、あなたを救うこと自体はすでに達成されたといってもいい。しかしそこで連邦が取りあえず脇に置いたラーマン教授の申し立て、そしてあなたによる申し立てに直面した。この二つは相反している。おまけに星系限定主権内行為とみなされるのが当然である内戦という問題もある。そしてわれわれはいま、この惑星で地球連邦を代表する唯一の存在だ」

「そしてあなたは内戦に関わる双方についても調査をおこなった」ウルスラがいった。

「つくづく容赦の無いひとだ、あなたは」国場は嬉しげな顔になった。「むろん責任から逃げるわけではないが、情報収集自体は機械がおこなったものがほとんどだ。わたしが現場へ出かけたのは——」

「連邦宇宙軍士官、いいえ、部隊を率いる将校としての矜持《きょうじ》」

「あなたの前で見栄をはりたかっただけかもしれないよ」おどけてみせたかれはつづけてたずねた。「共時認識できる表示装置はあるよね？　あなたがモンキー・テストといったことでおもいだした」

「もちろん」

彼女へうなずいてみせた国場は自分の手元にある二つの情報を学術ポッドの光電算機へ転送した。

壁がディスプレイに変わる。まず、衝撃的内容である旨の警告が表示された。三人はディスプレイへ視線を向け、深呼吸をして緊張をほぐす。

何度がディスプレイが明滅した。暗示を目的としたもので、心理的抵抗感を排除する効果がある。そのあとで、この星の情勢が表示されはじめた。といってもディスプレイに視線を向け、暗示を受けていなければ光が明滅しているだけにしか見えない。

しかしかれらの脳内は違った。暗示によって先入観の類いを排除されたそこにはFHPとALHがなにをしているかについての情報が同時に刷りこまれている。つまり異なる視点へ同時に接している状態ということで、いささか脳への負荷はあるが、ある問題について偏らない判断を求められている場合の情報認識法としてはきわめて有効だ。専門知識や、これまで知ったこの惑星についての情報がもたらす思考への制約から自由になっているからなおさらだった。すなわちかれらは技術的手段によって〝素人のおもいつき〟がおこなわれる状態に置かれ、すべてを見せられていた。

一〇分ほどして表示が終わったあと、それまで静かにしていたパノがぽつりといった。

「なんだかへんてこな状況ですね、これは」

ウルスラがくすりとし、国場はため息を漏らした。

「ＡＬＨ側の行為についての情報はどこから？」ウルスラが訊ねた。

「まあ、ご想像のとおり」国場は答えた。「連邦宇宙軍は人を使わずに情報を集めることについては熱心だからね、あなたが現役だった頃と同様に」

つまり〈島風〉がばらまいていった衛星その他がＡＬＨの情報ネットワークに侵入してかき集めてきた情報だということだ（ハイリゲンシュタットⅣのような植民惑星において、観測問題に邪魔される量子通信の使用は限られている）。むろん連邦の配備していた衛星が集めていた情報も加えられている。


ＡＬＨは自分たちこそが正義だと信じて疑っていない。この惑星における正統な人類は自分たちであり、連邦基本法を守りつつ人類のために戦っていると考えている。

だから外見上は人類とみなしようもないＦＨＰのジェネミキサーたちは〝人類以外〟として扱う。そしてジェネミキサーたちは自分たちを攻撃してくるのだから、勝利のために必要なすべてをなすことはこれまた連邦基本法には抵触しないと判断している（表現に違いはあれど、ラーマン教授の判断と同じだ)。

だからかれらはジェネミキサーたちを人類の敵とみなして徹底的に排除してきた。内戦以前から民兵《ミリシャ》グループによるFHP側拠点の襲撃が珍しくなかったし、『人類ではない』のだから捕虜はとらなかった。現在、かれらはそれを昔の〈ヲルラ〉のように『駆除』と称している。一時期は種族浄化《レース・クレンジング》とも呼ばれていた。

「異端者たちをつくりだし、そのグループを虐殺《ぎゃくさつ》するという行為自体にはさほどの驚きは感じない」ウルスラはいった。「ハイ・ヴァージニアにも明白なる運命《マニフェスト・デスティニー》を唱える連中はいるし、かれらはあれやこれやとやらかしてくれる。ノルディック・イデオロギストやネオKKKやギャラクティック・ホワイト・パワーといった連中が。まあ、笑えるわよね。別にわたしの故郷ってわけじゃないけど。それに、けして多数派にはなりえないし」

「地球じゃいまだに虐殺は日常茶飯事だよ」国場はこたえた。「ずいぶんと蒸発させられたが、やはり人口が多いからな。金持ちと貧乏人、男と女とそれ以外、相手のいる奴といない奴——妬《ねた》み嫉《そね》みがあれば手を汚すことへの抵抗感は薄れがちだ。手元に突撃銃のたぐいがあるとなおさら」

「しかし、その」パノが口を挟んだ。「ALHの行為、その中にはいかなる意味でも擁護《ようご》しかねるものが含まれておるのでは、と愚考いたしますが」

「これは表だって認める人はあまりいないでしょうけれど」ウルスラがいった。「ことに医学、医療の教育が混成現実《MR》化されたあとは。でもね、それをどこかでおもっている医学者たち、ことに病理学者はけして少なくないわ――生体解剖の機会を与えられた時、自分はそれへ心惹かれずにいられるだろうか、って」

名目上は『敵の能力を研究』することだった。確かにＦＨＰのジェネミキサーたちは〝人間〟と呼ぶことをためらってしまう外見を有している。肉体全般の機能の向上、またあらたに付け加えられたものも――限度を越えているように感じられる。

しかしかれらは市民として登録こそされていないものの、連邦基本法における人類の範疇には含まれる。そして連邦基本法は人類であるからこそ市民だとも、市民こそが人類だとも定めていない。まだどこまでが平均的人類であるかも。むろんこの点は法律家たちが長年論議を繰り広げている問題だったが、結論は出ていない。その最大の理由は『人類の生残性を高める』という地球連邦の基本理念と絡んでくるからだ。その点においては、『意図的にあやふやにしておいた方が良い』という論も成り立つのだった。

だからといって。いやだからこそ――

「ＡＬＨによるＦＨＰジェネミキサーの生体解剖を肯定することにはならんとおもうのですが」パノがいった。かれにしては大変に珍しいことに、重たげな感情を顔ににじませている。日本で生まれた国場よりさらに背の低い肉体から、抑えがたいものが溢れてるようにも感じられた。

「衛星等での情報収集は進める」国場は告げた。「現状、確認されているものでも連邦基本法へ抵触した行為だとみなしうるが、もう一歩進めるには情報が足りない。この点についてどう思う、先任下士」

「分隊長、自分はあなたの御判断に従います、これまでと同様に」

「行動しないわけではない。したくないわけでも。行動するための情報が足りないのだ、という事を忘れないように」国場はいった。「そしてもちろんわたしには、情報収集のために必要とされる手段の行使についていかなるためらいもない」

「お言葉、心に刻みます」

「うん、そうしてもらえるとまことに有り難い」

「あなたたちのやりとりを聴いていると」ウルスラが呆れた。「自分が連邦宇宙軍によく所属していられたものだとおもえてくる」

二人の男は笑った。しばらくして国場はいった。

「さて、もう一方についてだ」

もう一方――FHPには、その成り立ちそのものに歪みがあった。

実はジェネミキサー化については1G法成立以前ならば法的には言い逃《のが》れができた。

〈接触戦争〉とそれに続く地球連邦対国際連合《F・E・U・N・》の争いによってとてつもない被害を受けた人類の母星ではカルタヘナ法やクローン技術規制法の類いが連邦大議会の決議で停止され

たからだ。要するに遺伝子を弄って様々な抵抗力を強化し、同時にそれらのクローンをつくりださねば地球原生の生物たちを維持できなかったし、連邦を構成した旧大国群はいずれも大きな被害を受けていたからだった。そして〈ヲルラ〉から戦後賠償《ばいしょう》として入手した様々な技術の中には、かれらの文化——というより文明そのものといってよいクローン関連の技術があった。他のすべてを使うというのに、それだけを使わないという法はない。なにより連邦にはオリオン腕で生き延びるための大人口を必要としていた。

ＦＨＰはその時代に生まれた『生き延びるためにはすべてから自由であるべきだ』というどこかがおかしい考え方の末裔といっていい。

問題はかれらが１Ｇ法成立後もそれを変えなかったことだった。ただし必要とあらば過剰なまでの暴力を行使して恥じない連邦の恐ろしさは理解していたから、変えずにいられる場所を必要とした。こうしてかれらの第一世代はハイリゲンシュタットⅣへの植民に参加したのだ。地球に残った者たちはその多くが摘発されたから、かれらの立場における判断としては正しかったといえる。進化からの自由を信じた者たちはテラフォーミングが完全というにはほど遠い惑星の僻地へと潜りこみ、そこに自分たちのコロニーを作った。

「はじめのうちはまだ理解できる、というかまあ、そうなるよな、というものではあった」国場はいった。「いわゆる超人の類いを作ろうとしていたからね。まあ、子供の夢さ」

「連邦がそうした動きを見逃したというのが意外に感じられます」パノがいった。

「見逃したのかどうか」ウルスラが頬杖をつきながらこたえた。「1G法に従わない連中がこの惑星を目指したことはわかっていたはず。そもそもかれらにそれを可能とさせた資金はどこから出たのかしら」

「そこまで踏みこむと陰謀論にまっしぐらだ」国場は彼女を制した。「当時の1G法反対派はリベラルな富豪や追い詰められた気分の生物工学系企業とのつながりがあった。人類領域にあるいくつかの星系政府、ことに連邦の存在を枷だと考えたがるものたちとも。たとえば、1G法成立を見越して使用していた成体クローン装置などをスクラップとして売却していた日本政府もなにか知っていたとみていい」

「もちろん連邦情報局《FIA》も」ウルスラが付け加えた。「かれらは神でも悪魔でもないけど、けして間抜けではないでしょう？　一〇〇点満点の試験で常に七〇点以上は取るはずよ」

　未だ陰謀論的発想にこだわっている彼女に国場はにこりとしただけだった。この自分好みの女性に、はじめて欠点を見つけたのかなとおもっている。しかしそれは彼女の魅力そのものでもあった。入り混じっているのであれば、どちらか一方だけを選ぶことなどできない。どんな事でもその点は変わらない。国場はそうも考えた。

「しかし連中はこの惑星に降りてから明らかにやりすぎました」パノは楽しげだった。「惑星環境に適合するためとはいえ、陸海の大型動物までを人間からつくりだそうなんて、正気の沙汰じゃありません」

「なまでみるともっと呆れる」国場は教えた。「といってもこちらが目にしたのは死体――遺体ばかりだったが」

全長一〇メートルはあるだろう、ALHが〝クジラ〟と呼ぶ存在。全長六メートルを超えているだろう〝ゾウ〟。全長五メートルほどしかないが、鋭角的に突きだしている頭部が多層化された骨と脂肪のクッションで保護され、短時間なら時速一五〇キロほど出せるだろう〝サイ〟。そしてもちろん〝バッタ〟。他にも様々な〝人間〟たちがいる。もちろん、素直にエラを備えることでただ水棲化《すいせいか》した連中もいるらしい。

「どこかで止まらなくなった。正義は現実を貪《むさぼ》り尽くしてすべてを滅ぼす」国場はなにかを考えているようだった。

「つまりあなたはFHPが〝人類の敵〟だと考えてらっしゃるわけ？」ウルスラが訊ねた。

「いや、これだけやらかしていても星系限定主権と1G法違反の黙認がからむと、どうかな。むしろ問題はALHだとおもう」国場はこたえた。かれの脳ではジェネミキサーたちを駆り立てたALH軍が無抵抗の――どころか、慈悲を懇願《こんがん》するジェネミキサーたちを虐殺する場面が蘇《よみがえ》っている。むろんそれは衛星か、隠密降下したドローンが盗みだした現実の光景、その記録だった。こうした行為はいまもなおこの惑星のあちこちで繰り広げられていることが確認されている。

たとえばALHは〝駆除〟のために二〇世紀末には大抵の軍の主要装備ではなくなって

いた火炎放射器まで復活させている。〝バッタ〟たちは重たげに伸びた炎の奔流《ほんりゅう》を浴びせられ、枯れ木のように燃え上がり、やがて消し炭のようになった。ALHはそれを埋める手間すらかけず、戦車などの履帯で踏みにじって泥と混ぜ合わせた。

また、内戦が本格化する以前は〝ゾウ〟や〝サイ〟の狩猟がスポーツとして盛んだった。むろん射殺されたものは回収され、専門業者により剝製《はくせい》にされた。

「ジェネミキサーたちの多くは正規に登録されていないから連邦市民ではない、あなたのいったように」国場は続けた。「しかし連邦基本法上の人類とはみなされうる。その虐殺は明らかに犯罪だ。連邦宇宙軍にとっては人類の敵とみなしうる行為、ということになる」

「なら義務に従えばいい」ウルスラはこたえた。「誤解なさらないで、わたしは別にジェネミキサーたちが好きなわけじゃない。気持ち悪いわ、あれは。目にするだけで吐き気がする。かれらを生みだした遺伝子技術とクローン技術の濫用《らんよう》についても理解なんかできないし、絶対にしてやらない。でも、かれらは人類なのだもの。それが虐殺されているのを見過ごすなどということはできない」

「あなたにも洗脳の影響が残っておられるようですな、博士《せんせい》」パノが口元を歪めていった。

「それは学者先生の考え方というより、宇宙軍軍人の考え方だ」

ウルスラが言葉を返す前に国場がいった。

「彼女は洗脳など受けなくともそう考えただろうさ、先任下士」

「自分と兵どもにとって重要なのはあなたがどうお考えになるかだけです、分隊長」パノはさっと応じた。「失礼ながら、先ほどからなにを待っておられるのですか？」

「わたし同様、情報が足りないらしくてな。光電算機は苦労しているようだが——来た」

国場は軍用の情報端末が網膜《もうまく》投影したものをしばらく眺めていたが、やがてウルスラへ申し訳なさそうに告げた。

「あなたも目にした光景について解釈が示された。知っての通り、我々が持ちこんだ軍用戦術光電算機の分析結果は指揮官の判断、その根拠として認められている。あまり口にしたくない内容だがね」

「あら、いつからわたしたちは隠し事をするような仲に？」

「わたしはしないよ。あなたに対してしていたのはおそらくラーマン博士だろうな」

「わたしの以前の男に嫉妬《しっと》しているわけではなさそうね」

「まことに残念ながら、そのとおりだ」

国場はディスプレイに送られてきた情報を表示させた。簡単なテキストだった。

「〝喰わせろ、喰わせろ〟って……なに？」

「言葉どおりだよ」国場は答えた。

それはＦＨＰ第一世代の〝イエロー〟が漏らしていた声を光電算機が分析したものだ

た。

「あの体格ならいつでも飢えてるようなものじゃないかしら」

「それはそうだとおもう。問題は、なにに飢えているかだ」

「想像できるような気がするけれど、想像したくない」

「うん、ことにあなたにとってはそうだとおもう、ウルスラ」

「今度は全く想像できない。素直な意味で」

「当然だ。光電算機は記録していた映像情報から、イエローが喰わせろといっていたのはあなただ、と判定した。この国場義昭にとって信じがたいことに、それは性的な意味で、ではない」

ウルスラは不実を責めるような表情を浮かべ、かれを見つめた。

「自分が守ろうとした人々にとっての高級食材であると知って喜ぶべきかしら、わたしは」

「要するに〝人間〟だったことが原因なんだ」国場は教えた。「ジェネミキサーもそうだったからこそ、さ。イエローは外見上は太った年寄りだったが、中身はかなり違っていたようだ。なにしろ声帯も違うものになっていたから、あんな音しか出せなかった。むろんこれは我々のラグが記録していたあのちょっとした訪問を光電算機が分析した結果だ」

「第一世代なのに？」

「地球から逃亡した時点で生まれていたジェネミキサーもいる」国場は答えた。「かれはおそらく、そうなのだろう。光電算機は猟奇的傾向は認められない、とも判定したのだから。すなわちあれがかれにとっては通常の状態だったのだ」

「ショックを受けるべきなのよね、わたし」ウルスラの声からは抑揚《よくよう》が失せていた。それでいて、いまにも笑いだしそうにも見える。

「あなたはそれを簡単に乗り越えられるひとだとおもうよ、ウルスラ」国場は微笑んだ。

「つまりわたしたちがあのスクールバスで目にしたのは」

「うん、だろうね」

「お二人が良好な関係を築いておられるのはまことに喜ばしいことでありますが」パノが口を挟んできた。「自分にも教えていただければ有り難い限りであります」

「パノ軍曹、あなたはお勉強、好きだったかしら？」ウルスラが訊ねた。

「主に寝室で実施されるもの以外はからっきしであります、マム」

「わたしもそれは得意だけれど」にこりとしてウルスラはいった。「これはね、進化の問題。現生人類がどういう進化の末に生まれたのか、いまだにころころ学説が変わるけれど、そうね、原人のひとつであるホモ・アンテセッソールには興味深い事実がある。あ、かれらは現生人類の直接的な祖先というわけじゃないけれど」

「好奇心を刺激されております、マム」

「同族を殺し、解体し、調理して常食していた」

「常食というところにわくわくいたしますな」

「もっとわくわくできることがある」ウルスラはいった。「かれらは、いうなれば戦術的常識に従ってそれをおこなっていたの。軍曹、戦術の根幹はなに？　戦わずして勝つ、なんて楽しいことはおっしゃらないでね」

「敵の弱点を衝《つ》くこと、兵站《へいたん》を断つこと……」

「まさにそれ。かれらもそれをおこなっていた」ウルスラは微笑んだ。「食べていたのは〝敵〟だった。ことに将来の戦力ではあるけれど現状では弱い子供を。わたしとあなたの分隊長が目にしたのはその情景」

「マム、あなたをその、いささか以上に過剰な欲望の対象にすることとそれはどうつながりますか？」

「種の存続という観点における兵站――子供をつくりだす点でもっとも重要な〝工場〟はなにかしら、軍曹？　生産拠点の破壊は交通結節点《ジャンクション》の破壊がおもいつかれるまで、もっとも有効な戦略攻撃手段とみなされていたのはご存知のはずよ」

　パノはさすがに黙ってしまった。

「ねえあなた」ウルスラは言葉と裏腹に、ひどく強張った顔になっている。「この事実をどう解釈されるおつもり？　〈ヲルラ〉の形態クローン技術まで用いて種としての多様性を追求した結果、おそらくは文明が抑制していた根源的な〝常識〟が蘇った、というぐらいは想像できるのだけれど」

　もちろん国場に訊ねていた。だからかれはこたえた。

「人間が人間を食べること、それ自体は現在もなお緊急事態の場合は許容されるものと考えられている。航宙法も緊急避難《ネセシティ》としてそうした解釈を許している。航宙艦船は事故による長期漂流の可能性があるからね」

「この場合に当てはまるものかしら」

「そこがわからない。常識、いや〝軍事行動〟としての食人はいかなる意味でも犯罪だし、組織的に行われているとなると〝人類の敵〟たりうるのは間違いない。ただしそれがALHの行為に対する反応としておこなわれている場合、〝現地調達〟の一種だとして連邦は黙認するかもしれない。ALHによる虐殺についても、食人という明白な危険に対する予防的行動だったと解釈される可能性はある。これらはもちろんわたしがそう考えているという意味ではないよ？」

「困ったわね」彼女は静かにいった。

「ああ、困った。この星には人類の敵、その候補ばかりだがただ候補であるというだけでしかない」

　国場は考えこみ過ぎていて気づけなかったらしい、パノが自分の網膜に投影された情報について注意を促《うなが》してきた。

「分隊長、あらたな面倒事が出来《しゅったい》したようであります。ＦＨＰの、その、ぐじゃぐじゃした大軍が昨夜激戦が展開された街、スヴィネミュンデに向けて再び群がりつつあるとのことで。むろんＡＬＨ軍も戦力を集結させております」

「ありがとう、先任下士」国場は立ちあがった。当然のようにウルスラもあとにつづいた。

　国場は彼女をまじまじと見つめ、そっと告げた。

「ここからは連邦宇宙軍《ダーティ・ワーカー》現役軍人の仕事だとおもうよ、ウルスラ」

「だからこそ」彼女はこたえた。「市民による権力監視の機会は逃されるべきではないもの。そのためにはあなたがわたしに抱いてくれるのであろうすべての好意すら利用するつもりがある。出かける前に寝室へいってもいいぐらいに」

「あなたが誤解しているとはとてもおもえないけれど、念のためいっておくよ」国場はすまなげだった。「ＡＬＨとＦＨＰは双方共に人類の敵とみなしうる要件を備えているのは事実だ。しかしまだそう決まったわけではない。だからわたしの部隊は――」

「激突しようとしている二大勢力に割って入る」ウルスラは楽しげだった。「なんて勇敢なこと。まるでスーパーヒーローじゃないの。そそられるわ、凄《すご》く」

「あなたも軍にいたからわかるだろうが、戦いを止めるためではないよ、本当の目的は」国場はいった。「暴力の程度が制御された内戦は限定主権内におさまる問題だから。ルールを守っているなら好きに殺し合うのは自由だからね」

「ハイリゲンシュタットVは——星系政府はどういっているの？」

「なにもかも連邦へ押しつけたくてたまらない、というところだね。むろん連邦は無責任だと罵られたくはないが面倒を抱えこみたくもないはずだ。でなければ、状況からして見ないしの一般待機命令下で行動しているはずだとわかっているこちらに何の指示もよこさないはずがない。まあ、いつものことさ。宇宙軍へちょっとだけ好きなようにやらせて、後になって少しだけ絡む。むろんさほど予算を喰わないようなかたちで。恒星間植民地時代の大旦那《おおだんな》主義、なのかな」

「ならばあなたと兵たちはなんのために現地へ？」

「〝暴力の程度〟が上昇しそうな戦闘が始まるだろうから、それを確かめに。もちろん地上で確認する必要もある。あなたが同行したいと願っているのはそういう行動だ」

「そこまでわかってらして、わたしの同行を許さないとおっしゃらないことがむしろ不思議」

「あなたを危険から守ることはできるだろう」国場は少しずれた返事をした。「しかしそれは同時に、現場であなたを利用してしまう可能性が高いことも意味する。なんというか、色々と歪みのある連邦基本法や宇宙軍法でも現状ではすっきりした行動がとれないからね——それにあなたは、同行が許されなければ単独で出かけかねない。あなたに死なれてはこの惑星に降下した甲斐がない」

ウルスラはにやけそうになるのを我慢した。かれの本音がわかったからだ。

このおとこは任務のためにわたしを利用しかねないからこそ、同行させまいとしている。

なんてひとかしらと彼女は思った。

たしかにかれの所属している組織は気に入らない。かつて自分もそこにいたからこそ。ひたすらねじくれた進歩（なのだろうか？）の道筋を描いてきた民主主義政体、その歴史的通過点のひとつだろう地球連邦だって嫌いだ。かれらはジェネミキサーのような存在を否定しているのに、自分たちにとって便利なその同類であるクローンは許容する、少なくとも政治的には。虐殺の類いを人類の敵だと決めつけるというのに、そもそも連邦は国連の旗を掲げた諸国を反応兵器で蒸発させて成立した。あれは、虐殺どころではない。そして連邦宇宙軍は、光電算機に収められている司法プログラム、そして洗脳を受けた将兵という特殊条件のもと、一八世紀の植民地帝国軍が本国から遠く離れた場所でみせたふるまいよりもさらに荒々しくあることを許されている。

ただし、その瞬間が訪れるまでのかれらは礼儀正しく、温情的だ。史上これほど守るべき者たちに対して〝優しい〟軍隊はないかもしれない。ああそう、二〇世紀前半のごく一時期に存在した軍隊を戯画化したような組織、ナチス親衛隊《SS》だって優しかった。動物愛護の精神を抱き、それに基づいた行動をとること、親衛隊員はそうあってしかるべきとみなされていた。かれらは本当に〝優しかった〟のだ。ユダヤ人や男性同性愛者や共産党員、そしてナチスを嫌うすべての人々以外に対しては。地球連邦宇宙軍はあの奇怪で醜悪《しゅうあく》な組織となにが違うのだろう。いいえ、わかっている。わたしにもわかっている。かれらは洗脳を受けている。かつてわたし自身も必要書類すべてに署名したあとで受けたものを。それがかれらを過去の暴力組織とは異なる存在にしている。そのはずだ。

　そしていま国場は、かれらが牙を剝く前に訪れた最後の機会に、〝優しい〟軍隊の士官たるにふさわしい態度を示している。

　ああ、ウルスラはおもった。そこにどれほどの個人的な気分が含まれているかわかったらいいのに。一部はきっとそうに違いないはずだけれど。そのことについてだけは確信が抱けるのだけれど。

「あなたがわたしをどう利用するつもりかは知らない」彼女はこたえた。「しかし、ひとたび保護を求めたからにはそれが軍にどう受け取られたか、見届ける必要がある。法的にはきわめてあやしいのを承知したうえで、わたしは市民的権利としてそれを指揮官たるあなたへ要求します」

「考えは変わらない？」国場はなにかを抑えつけているような表情を浮かべている。

「ええ、変わらない」

「わたしが連邦宇宙軍軍人としてのみ判断し、行動しなければならないという状況がすでに始まっているとしても？」

　そういうことなの、ウルスラは理解した。国場がどれほど気づかってくれたか、同時に自分が罠にはめられたようなものであることにも。喜ぶべきなのか怒るべきなのか——彼女はおもった。ばかね、どちらかなんて選ぶ必要はないし、選ぶのも無理。この惑星にかかわるすべてはそうなっている。むろん地球連邦も。そしてわたしとこのひとも。

「たとえそうであっても、わたしが、わたし自身に求めているものが変わることはないはず。そう信じている」彼女はこたえた。

　国場はこくりとした。そしてすぐにどこかと通信をはじめる。すでに恒星間戦争機械、その一部としての顔になっていた。

「先任下士、確認しろ」通信を終えた国場は命じた。

　パノはさっと起立する。

　国場はちらりと微笑んだあとで告げた。

「わたしはこの惑星における最上位の連邦宇宙軍将校として決定した。これよりわたしと、その指揮下にあるものすべてを一般待機命令《GWO》下にあるものとみなす」

4

ＡＬＨ軍は確保された国道から増援部隊を投入した。消耗してはいるがコンラート戦闘団よりは戦力の大きな第六装甲旅団、それにグロス・ポンメルン軍集団直轄《ちょっかつ》部隊の第五四〇装甲砲兵大隊、第七五三装甲工兵大隊などだ。むろん可能な限りの補給も行われている。

工兵たちはスヴィネミュンデに到着して間もなくかれらの仕事へ手を付けた。簡易型のランチャーから街の周囲へ次々と知能化地雷《IM》をばらまいている。これは簡単な自己判断能力を備えた自律兵器で、短距離自走装置でプログラムされた内容にしたがって泥に潜り込み、それらしい熱源を捉えると空中へととびあがって炸裂する。水中に落ちた場合は自動的に機雷モードへと切り替わるので、港口にも敷設されていた。

砲兵大隊は市内に五四輌のホルツビネン自走砲を展開済みだった。二〇三ミリ自動榴弾砲システムを備えたこの車輌は二秒に一発の割合で発砲が可能で、知能化砲弾《IS》を用いた場合、一輌だけで幅二〇～四〇キロの正面を制圧できるとされている。

「軍集団は直轄部隊を可能な限り割《さ》いてくれた」市内に設けられた本部でコンラート大佐

はいった。かれの言葉は嘘ではない。広域制圧用のロケット砲中隊などもすでに市内へ布陣している。

「我々はどうするのですか」テオパルトは訊ねた。「砲兵の手伝いを？」

かれのローアカッツェには限定的ながら間接射撃能力がある。

「当面は予備隊として待機だ」コンラートはこたえた。逆襲時に投じられるということだ。

「市壁付近は第六装甲旅団が担当する。貧乏クジを引いたとおもうか？」

「支援の程度によります」

「ベルクカッツェ《ベアカッツォ》装甲制圧車を装備した装甲擲弾兵中隊と砲兵一個中隊をつけてやる」

有り難いが、それが役に立つかは戦況次第だな、とテオパルトはおもった。カクテルどもがとてつもない兵力をあつめていることは偵察ドローンや大遠距離音響探知で判明している。いままでにない大戦力らしい。理由は——いうまでもない。

地球野郎どもがあらわれたからだ。司令部も、ＡＬＨ首脳部も奴らがこの聖戦に割って入り、現状を固定してしまうだろうと予想している。そんな事になったらこの惑星では人類と〝カクテル〟ども、人間を喰う奴らが共存することになる。むろんそれは悪夢にほかならない。誰も枕を高くできない永遠の植民地たることをさだめられてしまうからだ。

「成体クローンプラントは順調に運転している」国場たちが訪れた時と同じ場所にいるト

レーラーの中でグリーンが告げた。

「ならばどれほど損害が生じようと問題にはならないわ」ピンクが目を異様に輝かせながらいった。「ＡＬＨどもの放つ弾薬より多く同志をつくりだせばいいだけ。正義は必ず勝つのよ」

「連邦宇宙軍はどうするんだよ？」ブラックが訊ねた。

「即座に介入されはしない。１Ｇ法には色々と抜け穴がある」ブルーがこたえた。

「問題はスヴィネミュンデを陥落させた後だ。連邦に敵の死体を調べられたら」レッドが呻くようにいった。

　イエローがなにか甲高い音を漏らした。

　ピンクは自分の車椅子に備えられたディスプレイを見た後、皺《しわ》だらけの顔にいびつな微笑を浮かべつついった。

「残らない。残るわけがない、って。たしかにそう！　生存形態の自由を選択すると食欲が高まるし、人類の脳、その奥底に眠っていた合理性が目覚めるのだから。それを可能にする数をあの街へ乗りこませてしまえばいいだけよ！」

　自分たちの行動に疑問を抱く者はいなかった。かれらはあまりにも長い間、自分たちの正義に身をゆだねすぎていた。

ＡＬＨ軍がスヴィネミュンデ周辺に配置した哨戒ドローン群は、ＦＨＰ軍兵力が約五〇万に達するとの情報をもたらした段階でほぼその機能を失った。ＦＨＰ軍のジェネミキサーは〝人間〟に近い形をしたものが多数で、その中には銃を使う者も数多く、強化された肉体能力によって精密な対空射撃をおこなったからだ。それに、大型化した者たちの瞬発力は高く、陸上や低空で活動する、技術レベルの限られたドローンへ飛びかかって破壊するのは難しくなかった。なお、二〇世紀の時点ですでにおこなわれていたドローンによる空襲はそれを連邦が航空兵器とみなすことが明らかなため、おこなわれない。よってその後の情報はスヴィネミュンデに据えられた各種センサーによってもたらされている。そして――東方から迫りくるＦＨＰ軍はおそらく七〇万を超えることが明らかとなった。

敵の移動速度、その早さを知っているＡＬＨ軍は距離五〇キロになった時点で一斉に砲撃を開始した。ランチャーから地対地ロケットが放たれ、沼森で泥をかき分けながら進むＦＨＰ軍先鋒《せんぽう》の上空で一発あたり数千個の子弾をばらまく。スペックどおりならそれらは地上高五メートル程度でスーパーテルミット《ナノサーマイト》を反応させ、敵に大きな、点ではなく面の損害を与えることになる。

しかしＦＨＰ軍のジェネミキサーたちは肉体の様々な部分が強化された生体戦車、生体パワードスーツじみた存在でもあって、ロケットが空中にある段階でそれを見つけだし、素早く回避し、あるいは銃の狙いを付けることができた。よってロケット弾は子弾をばらまく前に被弾して爆発するもの、ばらまいた子弾を空中で破壊されて大した損害を与えられなかったものが続出する。

期待外れのロケット攻撃のあと、ＡＬＨ軍は砲撃を開始した。こちらは小さいだけでなく弾速が大きいのでさすがに迎撃はできない。地上で泥まみれになって蠢いているジェネミキサーたちの上で炸裂し、破片や爆風で昔の砲弾の危害半径の倍程度、半径約一〇〇メートルの円で包み込んだ。泥が飛び散り、黒煙がわき起こり――しかし与えられた損害は気落ちしてしまうほど少ない。ジェネミキサーたちは外見を変化させるだけではなく肉体の各部についても強化がなされているからだった。並の人間であれば内臓まで破壊されているであろう爆圧、肉体を引きちぎられているはずの弾片に耐え、生理的嫌悪感を抱かせる姿をさらに奇怪なものへと変えつつ前進を続けていく。

凄惨というよりない戦場に小さいが決定的ともいえる変化が起きたのは効果的とはいえない阻止砲撃《インターディクション》が終わった直後だ。むろんタイミングが良すぎるから、その瞬間を選んだのだろうことは誰にとっても明白だった。

両軍の通信周波数に同じ内容が繰り返された。

『こちらは地球連邦宇宙軍。我に積極的戦闘の意志なし。これよりスヴィネミュンデ東方へ着陸する』

テオパルトのローアカッツェにもその通信は飛びこんできた。

「こいつはどういうことですかね」報告のためかれの戦車、その砲塔上まであがっていたプレディガー中尉が訊ねた。髑髏じみた顔は困惑もあらわだ。

「戦闘をとめるつもりがないことだけは確かだ」テオパルトはこたえた。「奴らは戦場に腰を据えるが攻撃するつもりはないといっている。そしてこちらの行動についてはなにも触れていない。当然だな。星系限定主権に抵触するんだから」

「要するに、見物しに来たということですか」

「そうだともいえるが」テオパルトは難しい顔を浮かべる。プレディガーの口にした〝見物〟という言葉が、最悪の可能性を含んでいることに気づいたからだった。見物の結果、腹を決めたら自分たちはどうなってしまうのか。

もちろんいたずらに部下を不安にさせるわけにはいかない。だからかれは目前の問題、一下級将校にふさわしいものに限って言葉をつづけた。

「連中が地上へ降りるまではこちらも砲撃ができんから、〝カクテル〟どもを助けているという考え方も成り立つ。俺はそうおもわないが、そう受け取る奴は絶対にいる。面倒だ」

「連邦が介入したわ！」ピンクが叫んだ。

ブラックと顔を見合わせたあと、ブルーがいった。

「そうともいえない。連中は、ただここに来た、といっているだけだ」

「成体クローンプラントを停止するか？」グリーンがたずねた。「即座にできあがるわけではないが、いまは戦場での消耗率にあわせたスケジュールで運転しているから――」

レッドは黙っていた。何事かと皆の視線が集まったところでかれは口を開いた。

「我々には肉が必要だ」

イエローが甲高く啼いた。


回折透明モードを解除して戦場上空にあらわれたのは〈島風〉の艦載艇だった。全長一〇〇メートルほどもある艇体は、普段は母艦へ貼りついている事、大気圏突入をしなければならない事などからべったりとしたリフティングボディ《ウェイブライダー》形状をしている。なお光学的に変更された艇体色は目が痛くなるほどの純白で、艇体左右の空間へ大きく立体表示された地球連邦の標識、そして地球連邦宇宙軍《F・E・STARMY》という表示だけが青く赤く、そしてどこか笑いだしたくなるものを感じさせつつゆらめいていた。

『分隊長、あなたの指揮下で行動するのは自分の、主に精神的健康へ大いに寄与するものと確信しておりますが、その、まことに失礼ながら』コクピットから艇長の毛中尉がいった。むろん兵員室とは完全に切り離されているからかれの姿はラグのＨＩＤに投影されているだけだ。

『御自分がかなりの綱渡りをしている事には気づいておられますよね？』

『残念ながら気づいてるよ、艇長』国場は苦笑とともに応じた。『軍法会議への召喚《しょうかん》命令書、その幻が見えている。あるいは憲兵隊員の靴音、その幻聴が聞こえるというべきか』

『それは重畳《ちょうじょう》。間もなく着陸です。以上』

『軍法会議』隣でラグごと固定されていたウルスラは歌うような声で訊ねた。『そこまで覚悟していると伝えられると――あなたに利用されるってのがこういう事かとわかっても、恨《うら》むべきかどうか迷ってしまう』

当初命令において艦載艇は彼女の救出についてだけ事態への関与が許されていた。だからこれまで、ライト・フライヤーを用いるような真似をしなければならなかった。

しかし、ウルスラが戦場への同行を望んだ時点で変わった。

むろん軍の正式な行動に民間人を関与させるわけにはいかない。だが、任務の対象者を艦載艇へ同乗させることは任務達成とみなされるし、当初の任務をとりあえずでも達成してしまえば艦載艇を一般待機命令下で運用することは命令違反にはならない。だからこそ国場はその存在を利用してしまうことについてあれほどしつこく彼女に確かめたのだった。

むろんこれは毛中尉のいうとおり〝かなりの綱渡り〟だ。当初の命令では関与しないとされていた事態に艦載艇を引きずりこむため、ウルスラを乗りこませて形式上の救難を達成したあと〈帰投すべき〈島風〉がいないのだからそうなる〉、見なしの一般待機命令下で指揮下に置いてしまう。無理というか、詐欺《さぎ》だ。

しかし、形式上は成り立つ。むろん後になって軍法務局がそれをどう受け取るかは別問題だが。

『あなたが同行をあきらめてくれていたら、ライト・フライヤーでのりこむつもりだったよ』かれはいった。『しかし同行してくれたおかげで、手持ちの戦力すべてを投入できることになった。まあ、ごくささやかなものだけれどね』

艦載艇が着地したことを教えるショックが生じ、ラグの固定具が外れた。毛中尉が伝える。

『着地よろしい。周囲五キロ以内の安全確認済み。ただしこのままだと脚が泥に沈んで離陸に面倒が生じるかもしれません』

『我々が降りたらすぐ離陸しろ。別命あるまで空中待機』国場は命じた。

傾斜路が開放され、各種ドローンが発進していく。泥濘などものともせずに艦載艇の周囲三キロの円周上で警戒態勢をとる。

国場が立ちあがった。ウルスラも慌てて続く。ほとんど同時にパノが兵たちをどやしつける声が通信で伝わってきた。

『お嬢様どもなにしてやがる！　急げ、急げ、急げ！　周囲警戒配置だ！』

兵士たちは動き始めた。M42C多目的投射システム《MPS》を手にし、背中には動力パックに加え、この惑星へ降り立った時は艦載艇に残していた装備、個人用統合戦術システム《PJTS》――すなわちセンサーや戦術レーザー、多用途ランチャーが一体化されたものを装着している。

ラグをまとったかれらが降り立ったのは西にスヴィネミュンデの市壁が低く見え、東に沼森が横たわる中間地点だった。

最後の一人としてウルスラが泥を踏むと同時に傾斜路は引き揚げられ、艇体と一体化する。機体左右後部でノズルを地上へ向けていたエンジンが唸りを高めていく。艇体前方からもマルチバーニアを噴射した艦載艇はたちまち着陸脚を泥から引き抜き、高度を稼ぎはじめた。ラグはエンジンの排気を無視したが泥の方は違う。噴火した火山の溶岩のように巻き上げられ、周囲にあるものを排泄物のようにべったりと汚していく。ラグもドローンも泥まみれになった。

『先任下士、築城作業はじめ』国場は命じた。

『了解』

即座に周囲で待機していたドローンが動き始める。国場を中心にした半径五〇メートルの円周上に板状のものを射出していた。自動遮蔽《しゃへい》パネルだ。泥を跳ね上げたそれは着地と同時に起き上がり、他のパネルと連結してたちまち高さ二メートルほどの壁を形成して野戦陣地の防壁をつくりあげる。

『軍にいた頃、話には聞いていたけれど』ウルスラはため息を漏らした。『一瞬で陣地を作り上げられるなんて……ずるいな』

『どこでも役に立つわけじゃないさ』国場は笑った。『戦車砲の直撃に一度耐えるのがせいぜいだ。それも、我々の戦車であってネイラムのものじゃないしね』

地球連邦と交易は行っているものの良好な関係とはいいがたく、もっとも警戒すべき仮想敵と見做《みな》されているネイラム第一《ファースト》氏族を持ちだすのは連邦宇宙軍軍人にとっては当然のことだから、ウルスラも違和感は抱かない。

『でもこの惑星では』彼女はいった。『大魔術師《マーリン》がこしらえた魔法の障壁《しょうへき》みたいなものではないかしら』

『どうかな。不安だから使えそうなものは全部持ちだした』

かれが示した先には輸送ドローンから降ろされた底部の半径が五メートルほどある円錐台状の物体が据えられていた。すでに作動しているようで、インディケーターの明滅が見て取れた。と、半径二メートルほどの上部から球形の物体がせり上がっていく。

『わたしがいた頃はあんなの、なかった』ウルスラは呟く。

『当然だ。ごく最近配備された新装備だからね』国場は教えた。

それ以上話している暇はなかった。

沼森が揺れだしている。衛星やドローンから送られてきた情報はより具体的だったが、肉眼ではそう感じられた。

そしてかれらはあらわれた。

生体パワードスーツというべきバッタたちが泥の中から湧くような勢いで泥濘の平地に飛びだしてくる。その数は東側の地平すべてを埋めているようであり、まるで泥の津波だった。その背後からもっと大型の、なにをどうしたらそんな形態になったのか想像もつかない、いや想像したくない大型〝人類〟たちもあらわれる。

『こいつはゴッツイな』パノが呻いた。兵たちからも同意の呻きが漏れていた。

『今のところかれらは敵ではない。陸上のドローンは遮蔽パネル沿いに集めろ。空中のドローンは陣内に収容』部下のバイタルサインではなく精神マトリクスを確認した国場は命じた。

戦闘準備云々については触れない。降下した時点ですでに戦闘準備状態にあるし、かれが命じなければ武器のロックは解除されないため、不軌発砲《ディスオビディエンス・ファイア》の心配はないからだった。つまりかつて様々な戦いを引き起こした恐怖や高すぎる戦意に引きずられた勝手な射撃は起こらないということだ。実はその点は指揮官たる国場も似たような立場で、指揮型ラグの戦術光電算機がその状況で指揮官がくだそうとしている判断への賛成反対を伝えてくる。ただしそれについては強制性はない。戦場での判断は指揮官がすべての責任を負うが、その場における立場は絶対であるとされている点、連邦宇宙軍も過去の軍隊と変わりはないからだった。

津波の恐ろしさを知らない者たちはその壮大さに引きつけられる。洋上から押し寄せてくる巨大なものが自分にも牙を剝くのだとは受け止められず、わざわざ海岸へ近づいたりしてしまう。

国場は地球育ちの日本人だからそうした愚かな行為からは縁遠かったが、いまはじめて、海岸へ近づいてしまう人々の気持ちがわかった。

遠くから地平を埋めつつ迫ってくるもの。その壮大さに引きつけられてしまうのだ。そこにはいかなる芸術や映像作品をも越える存在感と迫力があった。それが自分にも迫っているという事実を忘れてしまうほどに魅力的なのだった。

ヘルメット《H》内《I》ディスプレイ《D》は現状を模式化したものを表示していた。大きな縮尺でスヴィネミュンデに迫ろうとするＦＨＰ軍の動きを示している。刻々と変化していくそれですら魅力的に思えるところが始末におえなかった。

しかしスヴィネミュンデのＡＬＨ軍にとっては別なはずだ。それに、ＦＨＰ軍はあの街まで三〇キロ近くに迫っている。

いきなりヘルメット――いや、頭の中に脳直接伝達装置《BDI》によってもたらされたものが強烈に意識された。警告、スヴィネミュンデより実体弾兵器の発砲を確認。おそらくロケット弾。国場たちは情報を確認している余裕がなかったが、それは阻止砲撃の第二段階、その始まりだった。

国場は命じた。

『総員その場に伏せ！』

かれが泥へ潜りこむような勢いで倒れると部下たちもそれに続く。元軍人であるウルスラもぼんやりとはしていない。

何秒かして、ＦＨＰ軍の先鋒付近、その空中で何かがきらめいた。一瞬のち、火球が生じる。それはどんどん大きくなり、すぐに爆煙も盛り上がった。戦術光電算機はそれを古典的な熱圧力弾《サーモバリック》による蒸気雲爆発だと判定した。ロケット弾によるものだし五キロ以上離れているから、ラグに守られている国場たちには危険がないともわかる。

むろん一発だけではない。サーモバリック弾による爆発は、ほぼ二〇キロほどの幅がある泥の津波となってスヴィネミュンデへと迫るＦＨＰ軍の最前列を次々と襲う。生身の歩兵なら爆発によって生じた急激な圧力の変化で内臓を潰されたり、熱で焼かれたり、吹き飛ばされたりしているはずだった。

しかしＦＨＰ軍はとまらない。ただの人間なら、たとえばこの惑星で製造可能な装甲服を着用していても無傷では済まない砲撃を浴びたというのに、しばらくすると進撃を再開する。そんな真似は脳や内臓をはじめとする器官も強化されていなければ不可能だ。

と、黄色い発煙が生じた。戦術光電算機が新たな警報をもたらす。実体弾の大規模な発砲と砲弾の飛来を探知。弾道観測中。当方がすべての発射弾、その危害半径に含まれていない可能性は八九・二パーセント。

東方で着弾が生じた。今度は熱圧力弾ではなく榴弾の類いだ。砲弾が空中で炸裂し、子弾や破片、それに爆風をまき散らしている。地上で生じた無数の小爆発とそれによって巻き上げられた泥は本物の津波のように見えた。しかし、しばらくすると人外の、と表現したくなる外見を備えたものたちは泥をかき分けながら進撃——いや突撃を再開する。

『かれらにいかなる問題があろうとも、その戦意には敬意を抱かざるを得ないな』国場が呟いた。

『戦意というより本能ではないかしら』ウルスラが応じる。

ＨＩＤの映像を拡大すると、砲撃を浴びたＦＨＰ歩兵たちが無傷とはほど遠いことが明らかになった。黒焦《こ》げ、腕がもげ、はらわたを垂らし、千切れかけた脚を引きずっている。その状態で駆け続けている。まるで死霊《ゾンビ》の軍団だ。

『ごついどころじゃないですよ、あれ』ゴルディという名の二等兵が悲鳴のような声でいった。

『おまえ、ゾンビ・パークに行ったことないのか？』パノが嘲るような口ぶりで叱った。『面白いぞ？　役柄についての簡易洗脳を受けたあと、大昔のライフルや拳銃のコピーを渡されて、自己主張は強いがいざとなると悲鳴をあげるだけのブロンド美女や間抜けな白人の坊や、もちろんタフな黒人、それから特殊部隊帰りのヒスパニックねえちゃんといったキャストとチームを組んで……撃ちまくりながら生きてる奴は他にいない街を脱出するんだ。安くはないが、飽きん。キャストとはセックスもできるが、それをやると大抵は喰われる』

『これからはシミュレーター訓練にそのシナリオを入れることにしよう』いきなり国場が口を挟むと、皆から笑いがあがった。

ＢＤＩが新たな警報を発した。今度はＦＨＰ軍についてだ。多数の歩兵が接近中。各自の進行方向を判定。当方に向かいつつあるものなし。

そのとおりだった。数分後、国場たちのつくりあげた小さな要塞の左右をＦＨＰ軍の波が通り過ぎはじめる。傷つき汚れ、わけのわからない呻きをあげている奇怪な姿をした〝人間〟たち。戦車のような大きさを持つ、四つ足で歩く〝人間〟から向けられた視線に気づいてウルスラは背筋をふるわせる。覚えのあるものだったからだ。空腹のとき、うまそうな料理を見た時の目つき。イエローと同じだ。ラグで女だとわからないはずだが、あれはわたしを女だと見抜いている、と彼女は直感した。しかしなんの根拠もなかったから口にはださない。

『昔の軍隊なら撃ってますよ、これ！』ミリタリー・マニアの兵士、ロミュロ・ケザダ伍長が悲鳴じみた声をあげた。パノが怒鳴る。

『黙れ。俺たちは連邦宇宙軍陸戦隊《コズミック・コマンド》だ。指揮官の命令がない限り、皆殺しにされようとも発砲はしない』

実際は『できない』のだが、もちろんその点を指摘するような愚か者はいない。なにごとにつけ積極的に表現するのは組織の活力——今の場合、この悪夢じみた現実へ冷静に対処する士気を保つために必要だとわかっているからだ。連邦宇宙軍将兵はそれを洗脳、訓練、そして現実で学ぶ。

一方、国場は衛星やドローンがもたらす情報を戦術光電算機のアシストを受けつつ分析している。むろん周囲の情景に意識を引きつけられそうになるが、強引に無視していた。指揮官の任務は的確な状況判断、そして指揮にあるからだ。戦場ですべてから超然としているように見える指揮官とはそうした役割を懸命に果たしているか、でなければ堂々と腰を抜かしている。むろん国場は後者ではない。個性ばかりが理由ではなかった。宇宙軍に限らず、地球連邦で公務にあたる者たちに対して定期的におこなわれる精神鑑定をパスしているからでもある。ちなみに地球連邦は〝人権〟という古くさい概念でいえば悪ととられかねないそうしたテストにより、過去、あまたの組織に害悪をまき散らして災厄の原因となってきた学校型秀才兼狂人のうち、治療をおこなっても改善される見こみのない者を組織から排除している。

ＦＨＰ軍は見た目よりよほど統制がとれているようだ、と国場はおもった。数えきれぬほどいる異形の兵士たちは本能に駆られているようでいてしっかりこちらを避けている。遮蔽パネルの外にいるドローンも被害を受けていない。この状況でそれは大したものだ。ほとんど不可能事といっていい。

ならばなぜそれができる。

かれと戦術光電算機が回答を思いついたのはほぼ同時だった。

（連中も洗脳を受けているのか）

国場は声を漏らしそうになりつつそれをおもった。

いや、洗脳自体はいい。よくないが、いい。志願した者たちにしっかりした説明が行われたあと、本人の了解と、それについての記録が残された後に施されるのであれば連邦基本法には抵触しない。

しかしだ、ああした連中に連邦宇宙軍と同じような手順を踏んだ洗脳が可能だろうか。

国場は衛星のいくつかにＦＨＰ支配領域の詳細な調査を命じた。

ホルツビネン自走砲は元から市内に配備されていた砲兵隊と共に配分された目標地域に

対する射撃を巧みに行ってきた。

問題は、だからといってなにも解決されていないことだ。軍集団はこの街に可能な限りの増援を投入してきたが、敵に対しその数は少なすぎた。

いまや砲身は強制冷却装置を使ってすら鈍い朱色に染まったままだ。敵の数が多すぎ、効果に限界のある砲弾ではカクテルどもを抑えきれない。おまけに港口でも水柱があがりはじめ、自動砲塔が咳《せ》きこむような射撃を始めている。敵は海からも迫りつつあるのだった。

東方、市壁の向こう側から連続した爆発音が響きはじめた。カクテルどもの先鋒が外周地雷原に到達した証拠だった。ALH軍ならば熱圧力弾、連邦宇宙軍ならなにかもっと先進的な手法で地雷を処理するため立ち止まるところだが、奴らは違う。バッタどもが脇目も振らずに突き進み、吹き飛び、切り裂かれ、後に続く連中が突破していく。

と、市壁に配備された自動砲塔の機関砲や迫撃砲が発砲を開始した。すなわち敵は街から一〇キロ圏内に到達したということだ。

『魔犬《オルト》、魔犬《オルト》、魔犬1《オルト・アイン》』コマンダーズ・キューポラから上半身を出したテオパルトは指揮下にある戦車中隊と装甲擲弾兵中隊に告げた。小さな戦闘団の指揮官という立場に変わったので符牒《ふちょう》が双頭の魔犬《オルトロス》――オルトに変わっている。砲兵中隊は指揮下というより必要に応じて支援をおこなう、という扱いだし、市壁外には出ないのでこの通信系統には含まれていない。

『逆襲の準備となせ。命令あり次第、すぐに動く。以上終わり』

簡易装甲ベストの下で戦車兵服の背中が汗に重く濡れていた。円弧動機関《AME》の静かなうなりがやたらと耳につき、うっとうしい。装甲車輛や、トーチカ化された建物、咳きこむように発砲する自走砲——そうしたものがあっても、市壁によって外界の泥濘と仕切られた市内は美しく感じられる。どれほど戦いに慣れても、そうしたものが一瞬で破壊されてしまうのだという事が簡単には信じられない。しかしそれは現実に起きる。この戦いで飽きるほど繰り返されてきた情景だ。

テオパルトはそれについてさほど考え悩む必要はなかった。コンラート大佐がかれと同様の判断へ達したのだろう、戦闘団本部からの逆襲命令が下されたからだった。

市門の電磁ロックが解除され、それまで市壁の一部を為していた分厚い板が外に向かって弾かれたような勢いで倒れる。テオパルトは命じた。

『オルト1よりオルト。これより逆襲を開始する。戦車、前へ』

幅広の履帯が路面を踏みしだき、ローアカッツェの群れが動き始めた。鋼《はがね》の獣《けもの》たちはたちまち加速していく。

市壁の一部が爆砕されでもしたような勢いで開放された。同時に市壁上に配置されている自動砲塔の射撃がその周辺に集中する。泥がまきあげられ、黒煙や白煙が無数に生じていた。

戦術光電算機に教えられる必要はなかった。逆襲だ。FHP軍はまだ市壁まで平均五キロ以上の距離があるが、ひとたび市壁に取りつかれてしまうとそこでの戦いというだけになり、市内にいる機動戦力を有効活用できなくなる。ならば外周地雷原を突破された段階で戦車などを外へ出して敵を引っかき回した方がいい。すなわち機甲逆襲の古典的なセオリーだ。

（この場合はどうかな）

と国場はおもった。

逆襲によって敵の意図を砕くのは相手が理性的に戦っている場合は有効だ。しかしジェネミキサーたちはどうか。かれらは蘇った本能と洗脳の影響により、一九四一年にモスクワの防衛線へ配置されていたソヴィエト兵たちですら聖人に見える状態だといっていい。そんな連中が相手では逆襲というより手のこんだ自殺ということにならないか。いや、それ以外に方法がないからこそやっているのだろうが。

開放された市門の左右には小型砲塔と醜悪な増加装甲で着ぶくれした歩兵戦闘車が突き進んでいき、装甲服を着こんだ歩兵たちがばらばらと飛び出す。即座に射撃を始めた。

『戦意が高いのは確かだけど、あれはどうかしら。あんな調子じゃそう長くは保たない』

ウルスラが呟いた。

『失礼ながら、連中には引きつけて撃つような余裕はないと思いますよ、マム』国場が自分の考えをまとめるので忙しいことを察したパノがいった。『こんな勢いで突撃を受けていては、一度近づかれたらおしまいです。我々はともかくとして、ＡＬＨの連中はいかんでしょうね』

『いわれてみたらそうね、軍曹。ありがとう。わたし、こうした戦闘の経験はないものだから』ウルスラは素直に礼をいった。切羽詰まっているとき無意味に自論へ拘泥《こうでい》しないってのは男女を問わずいいもんだな、と国場はおもった。

指揮官のサイコマトリクスを受信しているパノは国場が余裕を取り戻した事を知り、質問してきた。

『分隊長？』

『ドローンをあげろ』国場は命じた。さきほどは敵意をかきたてないために収容したが、両軍が、ことにＦＨＰ軍がある種の冷静さを抱いているとわかった今は話が違う。

即座に大小のドローンが三〇機ほど上昇していく。群知能制御されているため一見無秩序に見えるが、むろんそんな事はない。好き勝手に飛んでいるように見えつつも、必要とされるだろう情報を集めたり、様々な反応が示しやすい高度をとりつつ周囲へひろがっていく。

戦術光電算機が市門から戦車が出現したことを教えた。速度をぐんぐんと増している。同時に隊形を形成しつつもあった。三輛ずつ、それぞれ槍の穂先のような山形をつくって、それが二つ先端へ横並びし、後方には小さな穂先が連続して進んでいく――古典的な接敵前進隊形だ。要するに装甲車輛でつくりあげる二叉槍《バイデント》をおもわせる突破陣形だ。槍でいう柄《え》の部分には歩兵戦闘車も加わっている。

『すげえ、ドイツ国防軍《ヴェアマハト》のマニュアル通りのパンツァー・カイルだ。二〇〇年以上昔の隊形をこの目で見られるなんて』ケザダ伍長がさきほどとは大違いの、子供のような声で感想を漏らしたのがわかった。マニアだけあって、その琴線《きんせん》に触れる現実に恐怖など吹き飛んでしまったのだと精神マトリクスが教えた。

国場は叱らなかった。

パンツァー・カイルは古《いにしえ》の戦場では対戦車陣地線突破《パックフロント》のため有効とされ、実際にある程度の効果を発揮したことから、後の機甲隊形にも影響を与えている。連邦宇宙軍の戦車隊も同様の戦術を訓練はしていた。

しかし今日の戦車とは長距離間接射撃や対空射撃能力まで備えた多用途車輛になっているから、ただ戦車であることをここまで重視した隊形をとるなど滅多にないとされている。し、そもそも戦車がこの五〇年ばかり中隊よりも大きい単位で戦場に投入されていない。すなわち目の前で展開されている現実は国場たちにとってマケドニア軍の重装歩兵《ファランクス》やナポレオン麾下にあった老親衛隊《オールド・ガード》の前進と似たようなもの、といっていい。ケザダの感激は当たり前なのだ。

だが、この惑星ではいささか受け取られ方が違っていた。

ジェネミキサーたちは対戦車兵器らしいものを持っておらず、二〇世紀半ばの朝鮮半島でチャルメラを吹き鳴らしながら山野を埋め尽くして突撃した人民解放軍《PLF》（いまや歴史的ジョークとして受け取られている名前だがシルキィ人たちにとっては違う）よりさらに密集した状態で突き進んでいる。装備だけでいえば第二次大戦以前の歩兵にすぎない。すなわち古色蒼然たる機甲突破隊形であっても、大きな効果を発揮するはずだった。むろん疑問もある。ただの古典的歩兵突撃ならさきほどの砲撃だけで殲滅されているはずだからだ。しかしFHP軍のジェネミキサー兵たちは平気で突撃を継続している。そんな連中に、昔ながらの逆襲がどれほど効果を発揮するものだろうか。

『ゲリュオン6、ゲリュオン6、オルト1。砲撃任務。以上』

『オルト1、オルト1、ゲリュオン6了解』

あっさりとした無線のやりとりだけですべては済んだ。テオパルトたちの声を電算機が識別し、ローアカッツェのセンサーなどがもたらした情報を分析、脅威度に合わせて砲撃目標を自動設定しているはずだ。

砲撃はすぐに始まった。市内に展開している三頭の猟犬《ゲリュオン》——テオパルトの火力支援部隊として配分された自走砲中隊が全力で榴弾を放つ。かれの進行方向、そしてその左右が爆発で覆われた。テオパルトは砲煙がおさまるまで待ったが、カクテルどもが立ち直りつつあるのを知ると槍の穂先、その右側をなす第二小隊へ右方向、かれのローアカッツェがそのすぐ後ろを進んでいる穂先の左側、第一小隊へ左方向への制圧射撃を命じ、前進を再開させた。

　金属と複合材でつくりあげられた戦車たちが形成した槍は人ならぬ姿をした者たちの群れへすべての火器を放ちながら抉《えぐ》りこんでいった。主砲が吠え、積極防護装置《Sゲレート》や自動射撃ステーションが唸りをあげる。車体上へ火器を多銃身機関砲化した自動射撃ステーション二基を据え、戦車よりたっぷりとSゲレートを備えたベルクカッツェが平たいが醜《みにく》い出っ張りの多い車体すべてから無数の炎を吐きながら後に続いた。砲弾や銃弾でバッタどもが粉砕され、かれらが背負っていた爆薬が誘爆をおこす。しかしひとたび倒れた連中、その半数近くが数秒するとたちあがり、魔女ですら悲鳴をあげるだろう恐ろしげな姿となってよろよろと前進を再開する。

　テオパルトは車外視察装置のもたらした情報をマルチシールドで確認している。恐怖と同時に絶望的な気分になっていた。数が多すぎて、回りこむべき側面すら存在しないなんて！　おかげで射撃によって奴らを切り裂き、戦車がその火力を安心して発揮できる空間を作り出しながら進んでいかなければならない。おまけに突っこんでいるといっても、近づけすぎたら奴らの爆薬でやられてしまう。ともかく距離を確保するため火力で薙ぎ払い続けるしかないのだ。

もちろんそんなことをしていては弾がいくらあっても足りない。俺のローアカッツェにしても、すでに三〇パーセントの弾薬を射耗している。このあととるべき行動を考えるならそろそろ限界だ。

『オルト、オルト、オルト1』かれは告げた。『近接戦闘用意』

続いてかれは部隊の進行方向を左に切らせた。地平まで埋め尽くすカクテルたちを切り分け、その動きをかき乱していく。突破ではあるが、戦車というより騎兵の逆襲をおもわせる情景だった。いまやすべての敵との距離をとりつつ制圧することは無理になっており、爆薬を背負っていないことを願いつつ正面にいたものを履帯で踏みにじり、泥とまぜあわされた薄気味の悪い肉片へと変えながら前進している。回転する履帯と転輪の間から〝人体〟の一部をはみ出させた車輛も少なくない。左右の敵に対してはSゲレートと自動射撃ステーションが休みなく炎を吐きだしていた。

しかし限界があった。Sゲレートの爆発、それをうまくくぐり抜けたバッタが泥濘にもかかわらず時速七〇キロ以上で走っている戦車（〝柄〟の一部をなしている第三小隊の一輛だった）へ飛び乗ろうとする。はじめの五、六人――ALH側の表現に従えば五、六匹

――は周囲の戦車などから放たれた機銃弾によって肉片に変えられたり、履帯に巻きこまれてしまう。かれらのなかで絶叫をあげられた者はまだ幸運だった。機関銃弾によって一瞬のうちに胴のほとんどを吹き飛ばされたり、履帯に脚や腹を踏みつけられて行き場のなくなった血液が口や鼻から噴出し、ついには目玉まで体外へと飛びだした者たちにはそれすら無理だったから。

だが、ついに機関部へ飛び乗ることに成功する者がでた。かれ（おそらく）は泥まみれというより泥と溶け合ったような、甲殻類《こうかくるい》を思わせる脱げることのない甲冑《かっちゅう》状の物質で覆われた身体で砲塔上へとよじ登る。かれではなく、周囲にいるその仲間たちに向けてSゲレートが自動発射されたのはその瞬間だった。放たれた擲弾は発射筒のすぐ上に存在したもの、かれの頭を粉砕し、その衝撃で信管を作動させた。その身体は擲弾の炸裂によって赤く、白く、黄色く、青い細切れとなって四散した。

ほとんど同時に、背負っていた爆薬も急激な化学反応を起こし、周囲に破壊のエネルギーをまき散らしていた。飛び散った破片、そして衝撃が自動射撃ステーションへとたたきつけられ、センサー部を破壊する。

バッタたちはその隙を見逃さなかった。近接防御能力ががっくりと落ちたローアカッツェにむらがりよっていく。戦車は主砲からキャニスター弾を何度も放ったがそれは自分の上にあがりこんでしまった敵を倒す役には立たない。また何発かSゲレートが放たれたが、やはり何人かのバッタたちを細切れにするのと引き替えに砲塔のすぐ上で炸裂し、ついに自動射撃ステーションが完全に沈黙した。

たとえ原人レベルの欲求に突き動かされていても、いやそうであるからこそなのか、カクテルたちは勇敢だった。

まず〝サイ〟たちが突き進んでいく。ローアカッツェはその幾人かを主砲で吹き飛ばしたが、すべてを食い止めることはできなかった。何人もの〝サイ〟たちが戦車に向けて体当たりし、頭を砕かれるが、かれらの中には脳がむき出された状態でも突進を行い、衝突で脳が体外へ放りだされて絶命する者もいた。むろんそこまでしても戦車の装甲にはなんの影響も無い。いかな巨体とはいえ七〇トンの重量をもった戦車に踏みつけられ、ぐしゃぐしゃにされてしまうだけだ。

しかし、頭部に爆薬をくくりつけたものの突撃は違った。

衝突と同時に奇怪な形状をした頭が砕かれ、爆発がおきる。密集しているためだろう、カクテルたちが担《にな》っている爆薬の威力は小さめだったが、それでも戦車の乗員たちに脳震盪《のうしんとう》をおこして無力化するだけの威力は備えていた。

テオパルトは爆煙に包まれた戦車の状態を確認した。マルチシールドに乗員たちのバイタルサインが表示されない。衝撃により、装甲は破られなくても肉体が破壊されたのかもしれない。

（アンテナが破壊されてリンクできないだけかも）

ともおもったが、それは希望的観測以下の、妄想に近いものだと承知してもいた。迷っている時間はない。

テオパルトは乗員の生命反応が失せたローアカッツェ——魔犬32の遠隔操作が可能かどうかを確認する。できるとわかった。喉奥から獣のようなうなりを漏らしてしまう。すなわちリンクは保たれている。なのに生命反応はない。つまり魔犬32に生きている者はいないのだ。

かれは魔犬32の光電算機へ進行方向と射撃についての命令を送る。速度はむろん全速を指定していた。

三人の男たち、その高価な棺桶《かんおけ》と化した戦車は泥と死体をまきあげながら前進をはじめる。主砲が単純な脅威度判定に従って手近な目標へと発砲し、わずかに生き残っていたSゲレートがランチャーから放たれる。しかしどんどんと敵中へ突き進む勢いと火力との釣り合いがとれておらず、たちまちカクテルたちにとりつかれてしまう。大小の爆発が車体のすぐそばで生じた。

テオパルトは一瞬だけ瞼を閉じると、自爆命令をコマンドした。

残っていたすべての弾薬、そしてＡＭＥの水素燃料が一斉に爆発を起こす。魔犬32にむらがりよっていた数百のカクテルが同時に吹き飛んだ。

テオパルトは爆発によって生じた空隙に向けてパンツァー・カイルを突進させた。

だが、魔犬32はまだ幸運だった。

数分後、直撃こそされなかったものの、一〇メートルほどの距離でゾウにくくりつけられていた爆薬のエネルギーをたたきつけられたベルクカッツェ装甲制圧車の履帯が引きちぎられた。

自爆はできない。装甲服を着用した装甲擲弾兵一個分隊が搭乗しているからだ。行動能力を失ったベルクカッツェの車長は垂直ランチャーから徹甲ミサイルを連射し、付近にいる大型ジェネミキサー——かれらの装甲服では対処しきれない〝サイ〟や〝ゾウ〟を片付ける。そのあとで装甲擲弾兵たちへ別れを告げながら緊急展開装置を作動させた。

ベルクカッツェの細かく仕切られていた天板にかけられていた電磁ロックが解除され、幾つものハッチがはねあがる。装甲服をまとった兵士たちは小型固体ロケットで車外へ打ち出され、車体から二〇メートルほどの円周内へ次々と着地した。

むろんかれらはすぐに集合して防御陣形をとろうとする。しかしバッタたちの行動も早かった。倍力装置が充分な速度を与える前にいびつな人形のような外見の装甲擲弾兵たちへ襲いかかってきた。

兵士たちは銃弾をばらまき、擲弾を次々に発射しながら敵を寄せつけまいとした。思いきり跳躍《ちょうやく》して逃れようとする者もいる。しかしバッタたちはその名に違《たが》わない跳躍力を発揮してかれらに迫った。手にしていた手製らしい突撃銃を放つ者もいる。結果、跳躍した装甲擲弾兵の中には空中でバッタに捕らえられる者、無数の弾丸を浴びてバランスを崩す者が続出した。かれらは取りつかれたバッタの自爆によってばらばらにされ、あるいは身動きがとれないとわかった瞬間、装甲服に残されていた擲弾で自決する。

なぜかれらがそうした行動を選ぶのか、その理由を問う者はALH軍にはいない。ただし願うことはある。

無事あの男たちが自決できますように。

むろん不運のなかできわめつけの不運に見舞われる者はいる。このときも、存在した。自爆に使える擲弾が尽きていたのか、パニックに陥ったのか、命を保ったまま装甲服の四肢へバッタたちがとりつくことを許してしまった兵士が。

バッタたちがそこを力任せに引っ張りはじめた。嫌な音とともに装甲服が引きちぎられ、生の腕脚がむき出される。

人外の外見を有する人類たちは雄叫《おたけ》びをあげながら哀れな兵士へ貪りついた。皮膚を噛み破り、肉を喰らい、血をすする。生きながら喰らわれている装甲擲弾兵たちが望むものは、無事な車輛の車長が慈悲の一撃《クー・ド・グラース》を与えてくれることだけだった。いや実際はそれすら考えてはいられない。かれらはただ絶叫をあげつづけているだけだからだ。

テオパルトは凄惨きわまりない戦闘のなか、残弾数を確かめ続けていた。もう部隊平均で二〇パーセント程度しかない。限界だった。

『オルト、オルト、オルト1。市門へ戻れ。以上終わり』

かれは自分の声が裏返りかけていることに気づいた。当たり前だ、とおもう。ここは地獄よりもひどい場所だ。世界が――自分にとっての世界であるハイリゲンシュタットⅣがこんな場所になってしまったのはどうしてだ。むろんカクテルどものせいだが、奴らを生みだしたのは。

異星人どもの技術をふんだくり、都合の悪い連中は宇宙へと追い出した地球野郎どもだ。

パンツァー・カイルは炎をまき散らし、みずからも傷つきながら針路を変えた。市門へ進み始める。その後を追って進撃を再開したジェネミキサーたちに市壁の自動兵器が吠えはじめた。

『しばらく蟹《かに》を食う気にはなれないな』パノが小さな声でいった。

むろん国場も戦闘――少なくとも一方にとってはそのはずであるものを確認してはいる。しかしかれはその情景から受けた衝撃を抑えこみ、衛星やドローンがもたらした情報を確かめ、戦術光電算機とやりとりを続けていた。

かれがいきなり口を開いたのは傷ついた戦車隊が市門へ逃げこみ、市門がはねあがるようにして閉じたすぐ後だった。

『ウルスラ』国場はいった。『連邦市民として、私の精神マトリクスを確認してもらえたなら有り難い』

『法的根拠として用いるために？』彼女は訊ねた。

『まあ、そういうことだ。あなたのような公共心にあふれた人物なら、協力してもらえるものと信じている』かれはこたえた。

ウルスラは一瞬だけ迷った。ここまで〝利用〟するつもりだったなんて、とおもっている。

しかし怒りは湧かない。国場は可能な限り公正であろうとしてきた。いまもなおそうであろうとしている。その点だけは認めざるを得ない。

それに、わたしとこのひとはバァで出会ったひとりもの同士じゃない。いえひとりもの同士なのはそのとおりだけど。きっとそうよね？　かれもひとりもののはず。いいえ、そうじゃなくてもかまいはしない。

『確認しました、国場大尉』彼女は告げた。『このわたし、ウルスラ・ヴルフェンシュタインが判断する限りにおいてあなたは正常です。またこれまでのところ連邦基本法と宇宙軍法に抵触する行為はありません——これで、よろしくて？』

『まことにありがとう』そう応じたかれの声はひどく残念そうに響いた。まるで自分が狂気にかられていることを望んでいたかのようでもある。

『分隊起立』かれは命じた。半ば泥に埋まっていた兵士たちが次々に立ちあがる。『先任下士、警戒態勢となせ』

『は、警戒態勢となします』パノは即座に応じ、部下たちへ怒鳴りはじめた。

国場は釣られて立ちあがったウルスラをちらりと見ていった。

『作戦行動に口を挟まれては困るけれど、これからのやりとりも聴いていて欲しいな』

『あなたは女を徹底的に利用する男だったのね。幻滅だわ』彼女はこれ以上ないほど温かく優しい声で応じた。『ええ、もちろん、喜んで使われてあげる』

国場はなにもいわなかったが、ウルスラのHIDにはかれがちらりと微笑んだ映像が表示された。

『自由生態党《FHP》指導部、FHP指導部、こちら地球連邦宇宙軍陸戦隊指揮官』かれは落ち着いた声で呼びかけた。『ただちに応答せよ。これは連邦基本法にもとづいた呼び出しだ。無視しないことを強くお薦《すす》めする』

しばらくして空電雑音の向こうから老人の声が響いた。

『なんだろうか』

レッドだわ、とウルスラはおもった。光電算機も彼女の意見に同意する。

国場は同じ調子で続けた。

『戦場におけるFHP軍兵士の行動は明らかに連邦基本法に抵触しているものと小官は判

断した。即刻戦闘を中止。撤退せよ。これは要請ではない。命令だ』

　再び沈黙。ややあってレッドが応答してきた。

『内戦への介入は星系限定主権の――』

『繰り返す』国場は断ち切るように告げた。『即刻戦闘を中止、撤退せよ。さもなくば小官は一般待機命令に基づいた行動をとる準備がある。一分間の猶予《ゆうよ》を与える。以上』

　ＨＩＤに秒数のカウントがあらわれた。急速に減っていく。国場はそれをじっと見つめていた。

　ゼロになっても、返事はなかった。

　かれは指揮回線で告げた。

『〈島風〉臨編陸戦隊分隊長国場大尉よりこの通信を受信しているすべての地球連邦宇宙軍軍人に告げる。小官はハイリゲンシュタットⅣに降下した連邦宇宙軍部隊の最上位者として一般待機命令に基づき、ＦＨＰを〝人類の敵〟であると認定した。すなわち我々はその義務を遂行すべき状態にある。なおこれはこの惑星に存在する連邦宇宙軍部隊すべてに小官の指揮権が及ぶことを意味する。各級指揮官はこれを確認し、疑問があればただちに上申せよ。以上』

『ハンマー06、ハンマー06、ハチェット01受信《コピー》。あなたの現状における指揮権掌握を確認しました。当方の戦術光電算機も同意。以上』どこかを飛んでいる艦載艇から毛中尉の応答が届いた。国場が一般待機命令下での行動がありうると覚悟していたことは離陸前の通信と、戦場に着陸する前のやりとりで承知しているのだから、これは記録に残すための通信に他ならなかった。

他に応じる者はいない。当たり前だった。この惑星には国場の率いる小規模な陸戦隊と〈島風〉の艦載艇しかいない。

国場はため息じみたものを一瞬だけ響かせたあとで命じた。

『ハチェット01、ハチェト01、ハンマー06。爆撃任務。目標は確認済みの遺伝子保護法違反施設すべて。以上』

『ハンマー06、ハチェット01。やらかしてよろしいんですね？　以上』

『ハチェット01、ハンマー06』国場はバァで飲み物を注文しているような声で告げた。『攻撃を許可《クリアード・ホット》する。以上終わり』

同時にかれの視線は周囲でうごめくジェネミキサーたちに向けられていた。HID上の模式化された戦況図がその大きな動きも伝え続けている。飢え、泥と血肉にまみれた異形の〝人間〟たちはスヴィネミュンデへの突撃をやめていた。戸惑っているのではない。なんらかの方法で伝えられた新たな命令に従うため、目標を探しているのだ。

やがてかれらの視線すべてが国場たちのいる小さな陣地に突き刺さった。

奇怪な雄叫びが連鎖した。

『分隊撃ち方はじめ』国場は命じた。

即座に反応したのは陣地の中央に据えられた円錐台型の兵器――兵士たちが〝キャスト・マシン〟と渾名をつけた自動銃座だった。

いま、その上面から球体がせり出していく。

直後、無色無音の死が展開された。電磁成形されたシリンドリカル・レンズによって距離二キロで三〇度のひろがりを有する死の扇《おうぎ》が形作られ、そこに進入したものを片端から切断していく。レンズが回転（実際は別の方位へ再形成されているのだが）するに連れて高出力レーザーによって切断されるジェネミキサーたちのいる方位は変わった。ほぼ一分後、陣地から二キロ以内にいたすべてのジェネミキサーたちは肉体を鮮やかな切り口で切断された姿に変わっていた。まだ生きている者もいるが素早く行動することはできなくなっている。

戦術光電算機が伝えた。ただいまの射撃により無力化された目標数、約四万。銃座は冷却、充電中。次の射撃まで五分。

『すべてのドローンを索敵撃滅《サーチ・アンド・デストロイ》モードへ移行。この陣地から一〇キロ以内にある敵味方識別装置《IFF》の応答なきもののすべてを攻撃対象《ターゲット》とせよ。以上』国場は命じた。

空中のドローンがダッシュした。高速で飛び回り、タイトなレーザービームなどで地上を嘗《な》めていく。レーザーは子供のいたずらがきのように地上を焼いたが、それはそこにいるもっとも脅威度の高いジェネミキサーを狙っているからだった。むろんドローンが無色のビームを放つたび、地上では死が量産されていた。泥濘を疾駆した多用途ドローンがレーザーの発砲を開始するとその数は幾何級数的に増大していく。ジェネミキサーの中にはもちろん銃口を空へ向ける者もいたが、規則性のないドローンの動き、光学迷彩、そして素早すぎるレーザー射撃によって、まともに狙いをつけることすらできぬまま斃《たお》されてしまう。

　やがて二万以上のジェネミキサーを血祭りにあげることでエネルギーを使い尽くしたドローンたちは陣地へと帰還した。かれらの再充電に必要な時間はやはり五分。キャスト・マシンの再発射に必要な時間はまだ二分残っている。

　戦闘と呼ぶのもおこがましいような一方的殺戮に見舞われたジェネミキサーたちだったが、地球連邦のおこなうそれとは異なる洗脳を受けているのであろうかれらの戦意は衰《おとろ》えなかった。さきほどよりもさらに奇怪な雄叫びをこだまさせると、陣地への突撃を再開してくる。

『先任下士』国場は命じた。『各個、配分された正面に対し、任意に射撃してよろしい《ファイア・アット・ウィル》』

　パノの応答と同時に陸戦隊員たちは陣地全周に向けて発砲を開始した。

　まず個人用統合戦術システム《PJTS》に備えられたグレネード・ランチャーが目標情報に合わせて生体に効果を発揮するようシステム内で調合された化学弾を放つ（〝人類の敵〟に対し

て核・生物・化学兵器の使用は禁止されていない）。

　空中からまき散らされた化学剤には即効性があった。かれらはそれを呼吸だけでなく皮膚からの浸透でも体内に吸収し、脳機能の停止や心臓麻痺《まひ》を起こして次々に絶命する。

　だが、化学剤の効果が薄れはじめるとまたもや攻撃は再興された。ラグをまとった男たちは洗脳がもたらした冷静さにすがりつつ、ＰＪＴＳのレーザーを放ち、Ｍ42から銃弾を放つ。連邦宇宙軍の用いるＭ６８９Ｂ徹甲榴弾は軽装甲車輛ならば二発で完全に撃破できるとされる貫通・破壊効果を持っていたから、いかに強化されているとはいえ生身であることにかわりのないジェネミキサーたちには抗《あらが》いようもない。

　陸戦隊員たちが三万近いジェネミキサーを殺戮した直後、国場に通信が入った。レッドからだった。かれの声には驚愕《きょうがく》と恐怖が色濃く滲《にじ》んでいた。

『そちらの要求に応じる。攻撃を中止してくれ』

　ウルスラは国場を見た。むろんＨＩＤに表示されたかれの顔をだった。そして彼女はおもった。

　東洋的無表情って、こういう顔のことをいうのね。

　国場の返信が響いた。

『こちらは地球連邦宇宙軍。現在我々は連邦基本法並びに宇宙軍法に従った正当な作戦行動下にある。作戦中の部隊は標準作戦規定《ＳＯＰ》に定められていない対象との交信を禁止されている。以上終わり』

『お、おい、貴様ら——』

レッドの悲鳴そのものの通信はいきなり切れた。国場が受信を打ち切ったのだった。

ウルスラは国場の精神マトリクスとバイオサインを確認した。嘆息なのかどうか、自分でもわからないものを漏らしてしまう。ああ、やはり。わたしがかつて所属していた組織というのは、やはり。

国場の静かな声が聞こえた。

『先任下士、充電完了次第、キャスト・マシンの射撃を再開してよろしい』

ほどなくして、新たな大量殺戮がはじまった。

同じ頃、低軌道にかけあがり、ＦＨＰ支配領域に点在する生体クローンプラントすべてに狙いをつけていた毛中尉の艦載艇も軌道爆撃を開始していた。成形質量弾《パーネル・ストライカー》——すなわち耐熱コーティングされた誘導装置付きの金属矢を次々に放ち、地下に存在していた生体クローン施設の枢要部を次々に小さめの隕石孔《いんせきこう》へと変貌させていく。

戦闘は三〇分も続かなかった。そのあいだに一〇名ばかりの地球連邦宇宙軍陸戦隊とたった一隻の艦載艇は四一万あまりのジェネミキサーを殺害、ＦＨＰの力、その源泉といってもいい成体クローンプラントすべてを破壊していた。

呆然としていたのはテオパルトだけではなかった。スヴィネミュンデにいる者たちすべて、そしてここでの戦いを画像中継などで注視していたすべてのハイリゲンシュタットⅣ住民も同じだ。

むろんデータその他という意味では〝ひどいことになる〟と理解しているつもりの者は多かった。しかし現実に目の前で地球連邦宇宙軍の暴力を見せつけられると話が違った。あまりにも強大なその力に圧倒され、まともに物を考えることすらできなくなっている。軍隊や戦争といったものに対するありきたりな批判を抱くことすらばかばかしくおもわれるほどだった。

いや、理屈はわかるのだ、とくたびれきったローアカッツェの傍《かたわ》らでマルチシールドへ表示されていた映像を見ていたテオパルトはおもった。

地球野郎どもには我々が保有できない、またはそれを許されなかった様々な装備がある。大気圏内ですら効果を発揮する面制圧型高エネルギー・レーザー兵器はその筆頭だし、我々が使用をためらってしまう化学兵器も同じだ。おそらくあれはターゲットの情報を得たのちに戦場で調合されたものだろう。つまりある標的専用の化学剤なのだ。そんなものを使われたら、いかに生物として強化されていても意味などない。

給弾車がやってきた。かれのローアカッツェに横付けるような位置で停車する。

「弾薬の配分、どうしますか」給弾車のサイド・ステップに掴まっているプレディガー中尉が訊ねた。「現状では――」

　そう、地球野郎どもがあれほどばかげた暴力の行使をするとは考えもしなかった段階で策定された防御計画では、キャニスター弾を多めに搭載することになっていた。カクテルどもとの近接戦闘を予想していたからだ。

　しかし奴らはほとんど殺戮されてしまった。そして地球野郎どもの装甲服にキャニスター弾が効果を発揮するかどうかがわからない。いや、命中したならなにがしかの戦果はあげられるはずだ。運動エネルギーを有した質量をたたきつけるのだから。

　しかしキャニスター弾は有効射程が短い。狙いをつけられる距離が短すぎる。そして地球野郎どもは有効射程の外からこちらを撃破可能だ。

「全弾、電磁装弾筒付徹甲弾《ＡＰＥＭＤＳ》にしろ」テオパルトは命じた。ＡＰＥＭＤＳは発射時に矢のように細く長い弾本体を砲身内で包んでいた装弾筒に内蔵されたシステムが砲口から飛びだす直前に弾を電磁加速し、さらに高い初速を発揮させる砲弾だった。むろん〝カクテル〟どもの〝ゾウ〟や〝サイ〟を遠距離から一撃で殺すために作られたものだ。ＡＰＥＭＤＳなら、おそらく五キロ程度の距離で装甲服を着こんだ地球野郎どもを片付けられるはず――もしその距離まで近づけるならば。なお、五キロ以上になるとＡＰＥＭＤＳ用であっても照準用の弾道データ、すなわち射表が存在しないからまともな射撃ができない。

　プレディガーが給弾車の乗員へ指示し、それに従った操作が車内で行われた。車体後部のコンテナ内で弾薬の配分が組み替えられるくぐもった音が響き、コンテナの上部からアームがあらわれる。テオパルトのローアカッツェも砲塔天蓋後部に備えられた給弾パネルを開放した。アームが開口部にロックされると、人の力では容易に持ち上げられない重さのある燃焼式薬莢砲弾が勢いよく送りこまれる。たちまち給弾は終了し、アームが離れ、パネルが閉じられた。

しかしテオパルトの注意は見事といってよい手際の給弾作業ではなく、自分のマルチシールドに表示された映像へ向けられていた。

地球野郎どもが動きだしていた。カクテルどもにではなくスヴィネミュンデに向けて。

遮蔽板で形作られた応急陣地はそれが作られた時と同じ素早さで片付けられた。国場はキャスト・マシンの自走装置も準備させる。それはもともと重装甲車輌などの支援なしにどこかの星系で戦う陸戦隊のために作られた兵器だったから、戦車ほどではないにしろ、それなりの自走能力を備えていた。

国場は自分のラグに送られてきた新たな情報を確認していた。戦術光電算機は集められた情報を分析した結果が示唆《しさ》しているものについて七六パーセントの確度で正しいと判定している。

面倒な判定をしてくれたもんだ、かれの本音はそれだった。

八〇パーセントを超えていたらためらいもなく強引な手法をとってもいい。FHP成体クローン施設のように低軌道からあやしげな場所すべてを爆撃してもやりすぎとはいわれない。

また、七〇パーセントを切っていたらより慎重に行動すべきということになる。通常なら優柔不断とみなされる判断も許容されるだろう。

しかし七〇パーセント台は、それも、どちらへも寄っていないという値の場合は難しい。平たくいえば指揮官の判断がすべて、ということになる。連邦宇宙軍による洗脳は世の人々が決めつけているほど将兵の思考を抑えつけない。なぜならそれは義務を果たすという点について主に作用するからだ。すなわち作戦行動について下すべき最終的な判断は古代から変わらぬ指揮官の資質に左右される。いま国場は自分の、一般待機命令下での行動という点においてなんら疑問は抱いてはいない。残酷という程度をはるかにこえたジェネミキサーたちの殺戮、その点についてもだ（むろん感情面は別だが）。

しかしALH側に対してどう行動すべきかについては迷いがある。あっさりした行動へ出るには情報が足りないが、いま行動に出なければ連邦宇宙軍はFHPへ味方したという解釈が固定されてしまう。そしてそれは紛れもなく軍法会議の対象となる案件だ。それではいけない。連邦宇宙軍軍人に許されているのは連邦法を守るための行動であって、正義や平和を守ることではないからだ。その意味で、やはりかれはスーパーヒーローなどではなかった。

かれを思考の泥沼から救ったのはウルスラの言葉だった。

『まあ珍しい、あなた、迷ってらっしゃるのね』

嘲りに近い――いや嘲り以外のなにものでもなかった。彼女が国場の判断や行動についてどう考えているかはわからない。現役軍人ではないから、彼女の精神マトリクスを国場が知ることは許されないからだった。

だが、この時のかれには言葉だけで充分だった。

『ウルスラ、これはまったく性差別的な意味の言葉だけれど』かれは告げた。『女とはまったく恐ろしい。たぶん異星人《ネイラム》よりも恐ろしいに違いない』

『あら、なんてありきたりな。御自分の愚かさを曝《さら》してまでわたしの好意をかちとりたいと願ってらっしゃるわけ？　わたしが保護を求めた人々を人類の敵として殺戮したあとだというのに』

『正直、現状についてあなたがなにを考えているのかわからないのは気になるよ』

『そんなものにかかずらって自分を枉《ま》げる殿方に魅力など覚えないことだけは確かかね。わたしが研究者としてなにを考えていても、はたまた女としてどうおもっていようと、それはいまあなたが果たすべき役割には何ら影響を及ぼさないはず。もしかしてその点についてお悩みになるのがあなたの創造性、その発露とでもいうべきもの？』

『自分が創造性に富んでいるなんて考えたこともないな』かれの声は笑いを含んでいた。『ただその、女性教師にいたずらを見つかったような気分ではある』

かれはスヴィネミュンデの情報を確認した。港口付近の戦闘も収まっているようだった。続いて自分の指揮下にある兵力の状態も確認する。

陸戦隊員たちに問題はない。装備も即座に使用可能だった。艦載艇は大気圏内に再突入を済ませ、五分以内にこちらへやってくる。すでに大気のイオン化による通信途絶からは抜けているから通信連絡の問題はない。

国場はセンサーが探り出したＡＬＨ軍の指揮回線に向けて呼びかけた。

『スヴィネミュンデ市内の正統人類連合軍責任者に告げる。こちら地球連邦宇宙軍陸戦隊指揮官。ただちに応答せよ。これは連邦基本法にもとづいた呼び出しだ。いまや無視しないことをお薦めするまでもないとおもうが』

反応は早かった。

『地球連邦宇宙軍陸戦隊指揮官、こちらは正統人類連合軍スヴィネミュンデ防衛部隊の最上位者だ』

『即座に応答していただけて有り難い。そちらの受信状態は良好だと判断できたので通告する。これより当方による査察を受け入れよ。あなたがたには連邦基本法に抵触しているという容疑がかけられている。以上』

さすがに沈黙が生じた。国場は待たなかった。

『受け入れについての了解が二分以内になされない場合は強制査察を実施する』国場は告げた。ＦＨＰに与えた猶予より一分長かったのはＡＬＨの問題が確定的ではないからだったが、むろんそう配慮したと光電算機に記録させるためでもあった。

返答がないまま二分が過ぎた。

『先任下士、分隊西方正面一〇キロ幅ですべての危険物を除去。スヴィネミュンデ市壁までを片付けろ』国場は抑揚の感じられない声で命じた。

『了解』

パノが応じるなり戦術ドローンが広域制圧弾を垂直発射した。まず五発が約二キロの幅を開けて横一線に着弾する。弾体が空中で割れると爆発性気体を散布し、それが充分にひろがったところで引火させた。つまりＡＬＨ軍も使用していた熱圧弾の一種だが、気化させる物質や引火の制御方式が違うので、効果ははるかに上回っている。

ΛＬＨ軍が埋設したすべての地雷、そして無数のジェネミキサーの死体（または死につつある重傷者）が低く広く生じた爆発による圧力と熱によって叩きつぶされた。地雷は爆発を起こし、死体は潰れ、燃え上がる。爆発の中心からは薄汚れた煙がわきおこり、高く立ちのぼっていく。

ドローンの射撃は徐々に射程を伸ばしながら続けられ、一〇分もかからずに分隊の正面一〇キロ幅を焼け焦げた安全地帯へと変えてしまった。

『正統人類連合軍責任者に告げる。こちら地球連邦宇宙軍陸戦隊指揮官』一分だけ長い猶予を与えたことと同じ理由から国場は再び呼びかけた。『これより我々は強制査察のためスヴィネミュンデ市内に向かう。当方に対する攻撃は連邦基本法に抵触――〝人類の敵〟とみなされることをお伝えしておく。以上終わり』

返答を待たずに通信を打ち切った国場はパノへ命じた。

『先任、分隊散開隊形。継続躍進。キャスト・マシンは防護モードとなせ』

陸戦隊員とドローンたちは戦術光電算機が国場の命令に基づいて策定した横に広く散らばった隊形をとるため、泥と死体を踏みつけた。一分もかからずに準備が完了する。パノは国場へ報告した。

『分隊長、散開隊形とりました。継続躍進用意よし』

ラグを身につけていてさえゆったりとして見える動作で隊形の中央へ進んだ国場は命じた。

『総員に告げる、こちらは分隊長』国場はいった。『ALH軍よりの発砲が予期される。ただしその場合でも――』

かれは左後ろにウルスラが立っている事に気づいたが、その素振りすら見せずに続けた。

『――別命あるまで発砲を禁ずる。現在我々は強制査察のため物理的障害を排除するところまでしか許されていない。なお我々はキャスト・マシンに守られていることを忘れないように。これより前進を開始する。分隊継続躍進。躍進距離二〇キロ。躍進はじめ』

『奇数番号、前へっ』パノが命じた。

ゆるくひろがった分隊の半数、すなわち六名の陸戦隊員が広域制圧弾に焼かれ、表面は乾いてしまった土地を前進する。かれらの足は地面を踏みつけるたびに三〇センチほどもそこへ潜り、ぐしゃぐしゃになった肉と血が混ぜこまれたことで吐き気を催すペーストと化した地中の泥をのぞかせる。同時にかれらの動きは呆れるほど素早くもあった。たちまち約二〇キロを前進し、警戒態勢をとったからだ。すぐに偶数番号の陸戦隊員たちもそれに続く。

国場はキャスト・マシンと共に、犬の散歩をしているような足取りで進んでいる。その傍らにはウルスラの姿もあった。会話はむろんない。なにを感じているにしろ、彼女も元宇宙軍軍人だから、戦闘指揮に当たっている指揮官へ話しかけるべきタイミングは心得ていた。

市内は大混乱へ陥っている。ごく短い時間でＡＬＨ軍があれほど苦労した、そして優位にあるとはとてもいえない戦いを繰り広げたカクテルの大軍を殺戮してしまった相手になにができるというのか。兵士たちの中にはＦＨＰ軍を相手にしていた時はけして見られなかったもの、モラール崩壊の兆候が顕著にあらわれていた。

テオパルトがその例外でいられたのはおそらく戦闘を経験したばかりだったからだろう。しかしそれも個人的な落ち着きをどうにか保つのに役立っているという程度であって、部隊を先ほどのような戦いぶりへと導く自信はなかった。

『待機しろ』コンラート大佐は繰り返した。『こちらからは絶対に発砲するな』

『そのような事をしても無駄です』テオパルトはいった。『地球野郎どもはすでに行動をはじめました！　こちらがなにもしなくても撃ってきます！』

一瞬の沈黙があり、なにかにおののいているかのような声で大佐は命じてきた。

『党指導部が対応を検討中だ。ともかく待て。以上終わり』

検討中だって？　テオパルトは眉間《みけん》に皺を寄せた。いまさらなにを検討しているというのだ。

決まっている。あれほど圧倒的な力の差を見せつけられて、連邦を敵にまわそうと考える者などいない。

そしてALHは、公式には連邦に従っている組織なのだと自らを定めている。

『オルト、オルト、オルト1』かれは指揮官用展望塔から上半身を出した姿勢で指揮下の部隊へ呼びかけた。『市の南門へ移動せよ。食料以外は積みこまなくていい。準備のできた者から行動はじめ。以上終わり』

かれのローアカッツェは即座に動きだした。

『こいつはどういうことですかね』すぐに追いかけてきた八輪野戦車からプレディガー中尉が訊ねてきた。

『指導部は連邦基本法で処罰される事を恐れている』テオパルトは応じた。『つまり処罰されそうな連中を連邦へ差し出して組織そのものの生き残りをはかるつもりだ。しかし全員がそれを素直に受け入れるとは、とてもおもえない。だとしたら始まるものはなんだ？』

『さんざん苦労して戦ってきたのに』プレディガーは嘆いた。『終わりは一瞬のうちにやってくるものなんですな！』

その通りだ、とテオパルトはおもった。とはいえ自分がその終わりに巻きこまれずに済ませられるものかどうか。ともかく試すしかなかった。

と、市内で銃声が響いた。外に向けてではない。内側に向けて響いている。

テオパルトは笑いだしたくなった。

終わりだ。終わりが訪れたのだ。

二〇キロを五分ほどで前進してしまった分隊はそこで停止した。

『市内で戦闘が展開されているようであります』ドローンの情報を確認したパノが報告してきた。

国場はそれに応じず、艦載艇を呼び出した。

『ハチェット01、ハチェット01、ハンマー』

『ハンマー、ハチェット01受信』

『ハチェット01、爆撃任務。東側市壁すべてを破壊せよ。市外への損害は許容されない』

『ハンマー、ハチェット01了解』

三〇秒ほど後、市壁東側の北端に小さな白煙と破孔が生じた。破孔は北から南へ向けて次々に発生していく。それから一〇秒ほど何もおこらなかったが——変化は唐突にはじまった。

市壁が粉々に、本当に粉へと変わり、崩れ落ちていく。艦載艇はＡＬＨ軍の装備では探知不可能なステルス化のなされた共振《RF》破壊弾を打ちこんだのだった。ジェネミキサーたちの攻撃から何度も街を守ってきた市壁、その東面はそれから一分ほどで完全に崩壊し、市内が丸見えになった。しばらくのあいだ粉塵《ふんじん》が舞っていたが徐々に収まっていく。

やがて市内各所に白煙と炎が生じているのが見えてきた。

ウルスラは呟きを我慢できなかった。

『仲間割れ？　それに、見られてはまずいものを片付けようとしているのかしら』

国場の乾いた声が応じた。

『もちろんそんなことをさせるつもりはない。いや、他のどんなことも』

国場は命じた。

『ドローンを哨戒モードで市内へ』

即座に反応がある。ドローンたちが空を舞い、泥を跳ね上げて市壁の消滅した市内へ乗りこんでいく。

戦術光電算機が警告を発した。市内から複数の射撃統制レーダー――照準レーダーのパルスが送りだされている。この状況では紛れもない敵対行為だ、国場はそう判断したし、戦術光電算機もそれに賛成した。かれが許可すると、ドローンたちは高度なステルス機能と簡易な光学迷彩機能を備えた小型滑空爆弾を投下、たちまちのうちに電波発信源を破壊する。

直後、事態はさらに悪化した。市街外周に築城されている瀟洒《しょうしゃ》な民家のように見えるトーチカの屋上部分からいきなりミサイルが連射されたことを教える白煙が生じたのだった。

理由はわからない。おそらく階級の低い兵士が錯乱《さくらん》したためだろうとおもわれたが、確認する術《すべ》はなかった。

命令の必要はなかった。あらかじめ防護モードに置かれていたキャスト・マシンが即座に反応したからだ。目視できない波長のレーザー・ビームがいまだ上昇段階《ブースト・フェイズ》にある五〇発ほどのミサイルを捉え、空中で一斉に爆発させる。

同時に国場のＨＩＤには戦術光電算機の警告が表示されていた。

　敵対行動を確認。これに対処済み。敵対行動を確認。これに対処済み。

ここでのちにかれの立場を難しくした事態が生じる。かれの命令と戦術光電算機が分析を伝えたタイミングがほぼ同時になったからだ。

『ＡＬＨ軍による我々に対しての攻撃を確認した』国場は命じた。『よってかれらは〝人類の敵〟とみなされる。一般交戦規定《ＧＥＯ》に基づき、これを排除せよ。連邦宇宙軍陸戦隊《コズミック・コマンド》、前へ』

陸戦隊員たちは即座にラグの光学迷彩を回折透明モードへと切り替え、前進を開始した。泥を跳ね上げているからばかばかしくも感じられるが、電子・光学妨害対策も同時にとっていたから、ＡＬＨ軍の自動兵器群はたちまち目標を見失う。戦術ドローンは分解剤を散布しなければ二時間ほども低く濃い白煙となってレーダー波、熱線、低出力レーザーまでも散乱させてしまう複合煙幕弾《ロンドン・スモッグ》を連射し、市街を不気味な白煙で包みこんでいく。

かくしてＡＬＨ軍はほぼ盲目の状態で陸戦隊員とドローンによる攻撃を浴びることとなった。ラグから放たれた銃弾や擲弾は戦う意思があるかないかの区別なくただ戦術的な脅威度判定に従って標的とされ、破壊されていった。

一〇分もしないうちにスヴィネミュンデ東部外周のトーチカ群は壊滅していた。むろん陸戦隊員たちはＡＬＨ兵や装甲車輌も見つけ次第、攻撃の対象とした。

まだ指揮下の部隊は南門付近に集結していない。しかしそれを待っている余裕がないのは明らかだった。そして門は閉じたままだ。

『ここの制御装置からの操作がききません！』テオパルトの命令を受けて門の側に設けられた調整所へ入っていた装甲擲弾兵の中尉が報告した。『中央制御センターが他からの操作を弾《はじ》いています』

東側市壁――が存在していた場所からは爆発音が響いている。火災とは違う白煙もひろがっていた。たとえカクテルどもに喰われないにしても、この街がＡＬＨの支配下にとどまれないだろうことは明らかだった。他の街も同様だろう。地球野郎どもが戦闘に踏み切ったということは、連中なりの筋道が立っているのを意味する。将来的にどうなるかはわからないが、ともかくこれまでのようにＡＬＨとＦＨＰだけが争う、ある意味ですっきりとした内戦状態が終わってしまうのは間違いない。

テオパルトと部下たちが楽に助かる方法はむろんある。

武装を解除し、降伏してしまえばいいのだ。地球野郎どもはひとたび敵とみなした相手には容赦しないが、降伏した相手については別だ。ＡＬＨを正規の交戦対象として認めているかどうかわからないから『捕虜』扱いされない可能性はあるが、警官に投降した『犯罪者』程度の扱いは期待できる。

むろん、そんな運命を受け入れられるはずがない。

テオパルトも家族をカクテルどもに喰われた一人だった。だからこそハイリゲンシュタットVにある公立大学への推薦入学という大きな機会を捨て、戦い続けてきた。ALHが薄汚れた部分をたっぷりと有した組織であると知りつつ、その点にはあえて目を向けてこなかった。どちらも選ばずにいることが許されないなら、いくらかはましだと思える愚かさのもとで旗を掲げるしかないと考えたからだ。すなわちそれは地球野郎どもの行動規範と大差はないはず。かれはそう信じていた。いまこの瞬間も。

『オルト、オルト――いや、この通信を受信してる皆に告げる。こちらはオルト1。カール・テオパルト大尉だ』かれは告げた。『ALHはありていにいって、おしまいだとおもう。しかしその事実が、我々すべてが犯罪者であることを意味すると自分にはとてもおもえない』

かれは言葉を切った。さあ、踏み切るぞと腹に力をいれる。これから自分はどうなるのだろう。そんなこと、わかるものか。しかし他にやるべきことを考えつかないのだから、やるしかない。

『よって自分はALHを離脱する。これが法的になにを意味するのか、正直よくわからない。でも、やる。とりあえずはスヴィネミュンデを脱出する。賛同する者は一緒に来てくれ。歓迎する。以上終わり』

喚声《かんせい》はあがらなかった。そのかわり、マルチシールドにかれの部隊、その通信系統《ネットワーク》への参加《リンク》をリクエストする者たちのアイコンが次々に表示された。テオパルトはそれらすべてを自動的に承認すると、あらためて命令を発した。

『こちらはオルト1、これより脱出のため南門を破壊する。自分に賛同する諸君の協力を得られたらこれほど嬉しいことはない。撃ち方《フォイアーフライ》はじめ！』

テオパルトのローアカッツェは一〇〇ミリ戦車砲弾を南門のロック機構部に向けて発砲した。一発だけではむろんさしたる効果はない。しかし落胆する必要はなかった。他の戦車、装甲制圧車、自走砲、装甲擲弾兵たちの射撃もそこへ集中し、ロック機構を破壊された門は泥まみれの外界、テオパルトが新たな戦いを始めるべき場所に向け、轟音をあげつつ倒れた。

地球連邦宇宙軍嚮導《きょうどう》駆逐艦〈島風〉のハイリゲンシュタットⅣ低軌道への再進入はスヴィネミュンデにいたALH側要人や、〝医療実験施設〟が戦術ドローンの監視下に置かれてから二〇日後だった。

ただやってくるだけならもっと早く済んだ。しかし国場義昭大尉の引き起こした状況の変化がそれを許さなかった。それはこの惑星においては極端なものだったし、星系規模においては呆然としてしまうようなものであり、人類領域――地球連邦にとっても以前から気にかかっていた身体の痛みが面倒な病気の前兆だったとわかった、という程度の意味を持っていたからだ。

事実、連邦大議会においては住民虐殺の容疑で国場を逮捕せよと騒ぐ大議員、一般待機命令はおろか、連邦宇宙軍の存在そのものについてさえ疑いを示す大議員が続出している。というわけで〈島風〉はハイリゲンシュタットVの連邦代表部や星系政府と協力して汚泥にまみれた惑星への共同介入じみたものをおこなわざるを得なくなった。

経済性を無視した加減速を実施したにもかかわらず〈島風〉の軌道進入に時間がかかったのは、星系政府があわてて編成した星系軍派遣部隊の第一陣、二個歩兵中隊をありとあらゆる隙間に詰めこむのに手間がかかったからだ。おまけに惑星上にはまだ多数のジェネミキサーが存在しているから、軽装備でというわけにもいかなかった。

むろん軌道に居座ったあとの行動は素早い。艦載艇を呼び戻して乗員を交代させたあと、星系軍兵士を載せて地上へと往復させ、数時間のうちにスヴィネミュンデを星系政府の直接統治下に置いている。それはこの惑星で生じた問題の終わりではなく、さりとて始まりというのもおこがましいような行為でしかないが、ともかくなにもかもが泥に足をとられていたような小さな世界の進むべき方向が変わったのは確かだった。

「あなたまで付き合う必要はなかったのに」学術ポッドの談話室でソファにだらしなく身を沈めた国場はいった。

「ロバート・ケネディ大学はポッドを連邦へ一時的に貸与することに賛成はしたけど、軍人が大好きになったわけじゃないわ」テーブルに腰を載せ、長い脚を優雅に組んだウルスラは答えた。「大虐殺をやっちゃった軍人を放りこむ営倉《えいそう》の代用ともなればなおさらよ。自分たちの管理人がいて欲しくて、そしてわたしがあなたの近くにいた。ま、わたしとの契約継続についても色々とあるみたいだけれど」

要するに二人はそろって隔離されている。政治的に見て、たとえば地元メディアの取材を受けることすら危険であったし、一般市民のそばに置いておくことはテロの対象になる可能性がある。むろん軍人たちと共にあるのは論外だった。たとえば国場に大殺戮を行わせた論理は連邦宇宙軍将兵ならばむしろ当然と受け入れかねない。いや、実際にそう受け入れられている。政府判断が明らかにされていない現在、かれを他の軍人たちに接触させてそうした見方をさらに拡げることは危険過ぎた。

よってかれらはドローンが周囲を警戒し、すべてのライト・フライヤーも持ちだされたポッドへと護送され、閉じこめられることになっている。ラグはあるが、緊急時以外は着用すらできない。

「もちろんあなたに対して腹は立てている」ウルスラは告げた。「わたしはたしか、保護を求めた筈だから——ああ、途中で色々と変化したことも忘れたわけじゃないけれど、やはり気に入らないものは気に入らない」

「まことに申し訳ない」国場は応じた。「自分の判断が間違っていたとは毛頭おもわないが、あなたの期待を裏切ったことは——そうだね、もの凄く残念だ」

ウルスラはかれをしばらく見つめたあと、落ちついた、優しげとすらいえるだろう声で訊ねた。

「あなたはどちらかを選ぼうとしたのかしら」

「その点ははっきりといえる。どちらも選ばなかったからこそこうなった。理由はもちろん、連邦宇宙軍は人類領域すべての護民者たるべきだとされているから」

「護民という大目標のために必要とされた外科手術だったということ、あの大虐殺は？」

「その点はわたしがとりえたもうひとつの方法がどういう結果をもたらしたかを考えると面白いかも知れない。あなただけを助け、この惑星の問題そのものについては触れない。それがなにをもたらしたか？」

「どのみちわたしには気分転換が必要だっただろうから、一度、いいえもう少し多くあなたのベッドへうかがうか、わたしのベッドへお迎えしたとはおもうけれど」

「うん、想像するだに心躍る情景だ。しかしそれ以外では？」

「なにもかもが変わらずに続いたでしょうね、この惑星では。モハドがなにをわめいても無駄で、連邦は知らん顔をしたはず。結局のところは1G法の解釈にとどまらず、クローン政策そのもの、いいえ、クローンの存在そのものに関わってくる問題だから。この田舎星系ではなく、人類領域全体を舞台にした内戦の原因になりかねないもの。まあ、あなたったら地球連邦にとっての大恩人じゃないの。やはりスーパーヒーローよ。ああいう連中って、正義を実現するために巨大な破壊を生じさせるのが芸風じゃない。日本人なら、戦争を終わらせるために街をひとつふたつ反応兵器で蒸発させることについてはなにか意見があるのかもしれないけれど」

「どうかな。持っていれば大喜びで使っただろうしね。それに、国連諸国を片付ける時は日本人だってあまりためらわなかったようだし。東京と沖縄は蒸発させられていたからね」

「あら、あなたはオキナワの――」

「うん、その点は事実だ。家族は〈接触戦争〉時、別の場所にいたという話だけれど、実際はもうちょっと複雑だったようでね。いや実は入隊時の検査ではっきりした。私の母方はクローンだった。成体育成された者もいたのだろう」国場はにこりとして続けた。「すなわちあれこれと理由をつけて気に入らない部分を作り替えられたクローンの孫だかひ孫だかが、あれこれと理由をつけて気に入らない部分を作り替えられたクローンたちを殺戮し、ついでにあれこれと理由をつけてそれが嫌だといっていた連中も吹き飛ばしたことになる。いろいろと複雑で単純だ」

ウルスラは目を見開く。しばらく固まっていたが、努力しておこなったことがわかる瞬《また》きのあと、今度は意思の力がたっぷりと湛《たた》えられた視線をかれに据えていった。

「あなたがふるさとの話をしてくれたのだから、わたしもしないと」

「無理する必要はないよ？」

「これは、あなたがご覧になっている筈の記録にも載せられていないはずだから。大尉のアクセス・ランクは戦術情報までよね？　だからあなたはわたしの市民情報、軍務記録ぐらいは確かめられた」

「熟読している時間はなかったけどね。今はその必要もないしアクセスも停止されている」

「だから教えてあげる」ウルスラは微笑みを浮かべ、いった。「わたしのように実績なんてない、研究者としてはいてもいなくても同じような人間が大金をかけた惑星調査計画に参加できた理由は、モハドの契約愛人じみたものになると承知したことだけが理由じゃない。生まれた時からこの惑星を知っていたからよ、ハイ・ヴァージニアでただひとり」

「ご家族のお立場は？」

「父はＦＨＰ、母はＡＬＨの党員だった。ちょっとしたきっかけで、おそらくは泥と血にまみれたこの惑星のどこかで化学反応が起きて、それが周囲との関係をはっきりと崩してしまう前に二人はわたしを連れ、ここを離れた。ああ、さすがにスヴィネミュンデ生まれではないわよ？　人生はそこまでドラマチックじゃないみたい、わたしにとっては」

「だからジェネミキサーを救おうとした？」

「どうかしら。自信がない。ジェネミキサーについてはあらかじめ知っていたこともあったから。でもそれがバランスのとれた見方かどうかについては本当に自信がなかった。そう、つまりわたしはあなたを引っかけて自分の重荷を押しつけたわけ。連邦宇宙軍のおこなう洗脳の効果は知っていたから。ときに残酷ではあっても、公正である事を信じて、いいえ、わかっていたわ、あなたは公正だと」

　国場は黙ったまま彼女を見つめていたが、やがてくすくすと笑いを漏らしながらいった。

「連邦のハニー・トラップ対策はまだまだだな。しかし女性に騙《だま》されるのは常に心温まる経験だ。ことにあなたのような人に騙されるのは、その、男子の本懐《ほんかい》だな」

　ウルスラはかれと視線を合わせた。目がすっかり潤《うる》んでいる。そして彼女はいった。

「ねえ、あなた、わたしが冒険的な面を備えた女であることにはお気づきだとおもうのだけれど。ことに相手が自分に好意を抱いていると確信している時は」

「これは私の性格だから、先にいっておく。我々は長続きしない」国場はこたえた。

「ええ、きっとそう」彼女は即座に頷いた。「でもそれが、今のわたしたちになにか関係があるのかしら。選ぶ事と受け入れる事は同じじゃないのだから」

　そしてかれらはその通りにし、これからもできるかぎりはそうしようと合意に達した。もちろんそうした関係は予想通り長続きはしなかった。すなわち人生における誤差のような関係だった。

しかしどちらかを選ばないからこそ成立したともいえる仲だと承知していたかれらは、自分たちがこの宇宙における人類のありようを体現しているようなものである事にも気づいていた。共に過ごす時間を活気に満ちたものとするにあたってその事実は大いに効果を発揮した。終わりの時でさえ、二人は肯定的な情熱のようなもので包みこまれており、またそうである事に疑問など覚えてはいなかった。

攻撃日標G

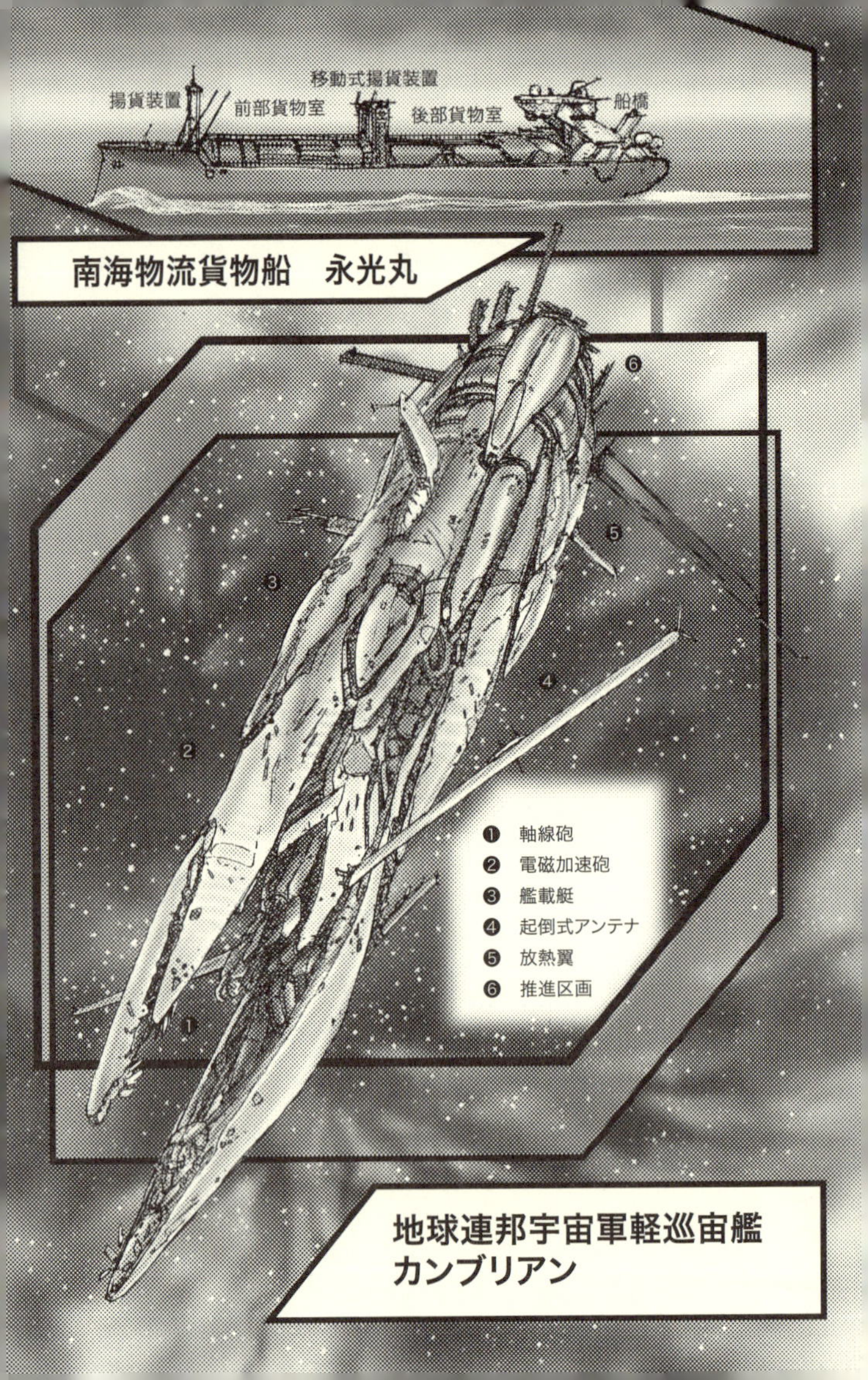
揚貨装置
移動式揚貨装置
前部貨物室
後部貨物室
船橋
南海物流貨物船　永光丸
❶ 軸線砲
❷ 電磁加速砲
❸ 艦載艇
❹ 起倒式アンテナ
❺ 放熱翼
❻ 推進区画
地球連邦宇宙軍軽巡宙艦
カンブリアン

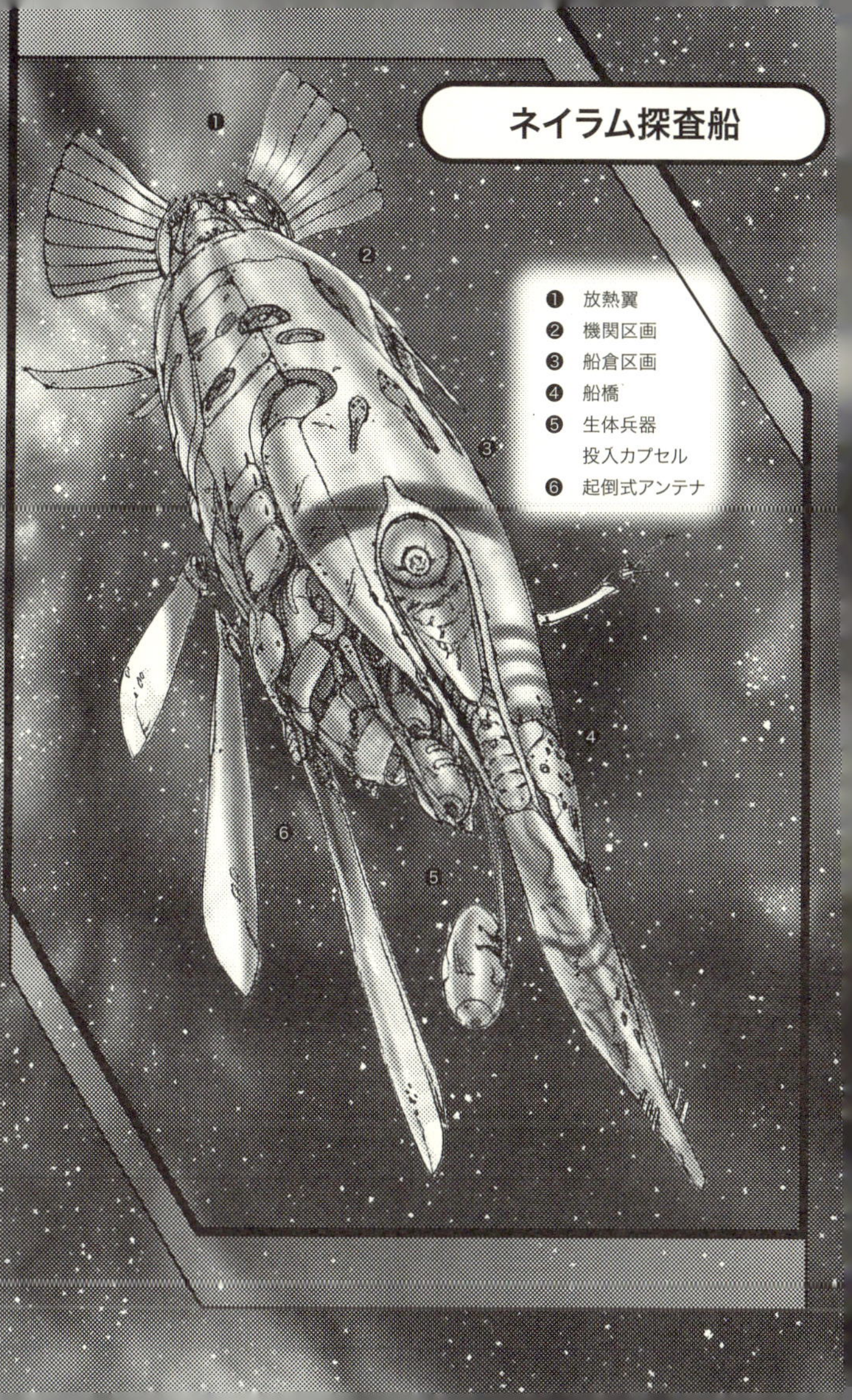
ネイラム探査船
❶ 放熱翼
❷ 機関区画
❸ 船倉区画
❹ 船橋
❺ 生体兵器
投入カプセル
❻ 起倒式アンテナ
1
2
3
4
5
6

事件は惑星標準時《PST》八月一三日一九〇五に発生した。

それと最初に出くわしたのはN‐2の惑星内運輸企業としては有数の南海物流に所属する貨物船〈永光丸〉（七万五〇〇〇トン）だった。同船はN‐2の星系首都である平成府に向かう航海、その終わり近くにあり、この時代の貨物船として小ぶりなその姿を平成湾深くへあらわしていた。速力は五ノット。平成湾は無数の船舶で常に混み合っているからだ。そのほとんどが自律航行型の無人船であっても、いやそうであるからこそ安全係数には余裕が必要とされていた。


空はさすがに暗くなりはじめている。そのかわり、平成湾の両岸には様々な灯火がきらめきだしていた。風はほとんどなく、大気も海面もどろりとしていた。

といっても外界のそうした環境は船橋《ブリッジ》の船長席に腰掛けている〈永光丸〉の越後憲三船長には関係がない。重たげな顔立ちの男だが、多様化現実《DR》グラスをかけているため、ただ下ぶくれであるかのように見えている。ちなみに〝船長〟といっても部下は二人きりだ。

〈永光丸〉は本当なら無人で航行できる船で、人間の船員が配置されているのは四時間ぎりぎりの当直に一名は充当すべし、という法的な規定が存在するからだった。一人の船員は四時間の当直を一日二度担当するから、船員は三人でいいことになる。

というわけで航海している時間のほとんど、越後にはやることがない。緊急情報はこめかみにはりつけているマイクロコミュニケーターが熟睡していても即座に覚醒してしまうほどの強さで伝えてくるとあってはなおさらだ。もっとも、おかげでDRグラスをVネットとリンクさせて無数のプログラムを用いることができるので、一航海のあいだにひとつの資格をとるほどの知恵をつけられるのも珍しくない。越後は体内のマイクロマシン除去率が低く、ネイラム第一氏族との戦いがはじまって五年目のオリオン腕へ飛びだすことはできないため航宙関連資格はとれなかったけれども、N‐2大気圏内で有効なものであればなんの制約もない。最近のかれは年内いっぱいかけて人類領域すべてで有効な司法資格を得ようとしている。いまもそうで、かれの意識はDRグラスが伝えてくる法的解釈の弾力性についてのプログラムに集中している。

それはおよそあり得ないような事態が生じた時、現行法でどう対していくかというものだった。たとえば巨大怪獣がいきなり街を襲撃した時にとられた対処が法的に許されるものだったかどうか、というような。しかしそれは大昔のようにただの知的訓練という枠へおさまるものではない。なにしろ、人類が〈接触戦争〉で得た異星人ヲルラの技術、その少なからぬ部分が著作権侵害に対する懲罰的《ちょうばつてき》判決によってもたらされたからだ。実のところコミック・ヒーローやアニメーションのヒロインのイメージを形態クローンとして使用したことは、ヲルラへ戦闘によるものより大きな損害を与えているのだから、ばかにはできない（むろんそれはヲルラ環境保護艦隊が人類に、というより日米英連合へ降伏すると決めたからこそではあったが）。

だから、DRグラスとマイクロコミュニケーターが徒党を組んで警告をもたらした時、越後が最初に示した反応は法的なゲームを断ち切られた怒りだった。

むろんすぐに船長としての意識へと切り替える。

そして、呆然とした。

海洋管制局の光電算機と船の光電算機をリンクさせている限り、事故などおこりようのない星系首都に近い内海。眠気を誘うほどゆったりとした海。

しかし〈永光丸〉の針路上だけはちがった。そこにだけ、沸き立つように海面が盛り上がっている。海中にはなにかがきらめいているとわかった。

「な、なんだよあれ」

越後は想像力にかけた声を漏らした。光電算機が緊急回避モードを進言し、オーバーライドのない場合は一〇秒以内にそれを自動で発動すると伝えてきた。

この時かれは船乗りとしての意気地を見せたといっていい。船長権限で緊急回避モードの発動をさらに早めたからだ。超伝導モーターが後進一杯をかけ、左舷側バウ・スラスターが全力で作動した。

〈永光丸〉は右へ船首を振りはじめた。しかしいきなりあらわれた海中のなにかを回避するには充分ではなかった。


「被害は」Ｎ‐２首相府地下に設けられた緊急事態対策センターへ降りるエレベータの中で男がたずねた。三〇になるかならぬかという年頃で、長身かつ痩身だ。顔立ちは苦み走っているといっていい。

「貨物船二隻です」かれより半歩斜め後ろに下がった場所に立っていた男がこたえた。こちらも外見は似たようなものだったが、どこかしまりのない顔立ちでもあって、そこに示されたきまじめさに嘘くささのようなものが漂う。

「貨物船だけじゃわからん」最初の男、星系安全保障担当首相補佐官である林清二郎がいった。どんな時代にも必ず存在する、宗教じみたものに心惹かれる質《たち》の人物だからか、こういう時の態度には容赦がない。

「最初に遭難したのは南海物流の貨物船〈永光丸〉、七万五〇〇〇トンです。緊急回避中、と通報中に無線が途絶えました。爆発の瞬間は沿岸から見えていましたが」もう一人の男、内閣官房副長官の及川武夫は早口でこたえた。「もう一隻は近くにいた同じ南海物流の

〈ビンゴ・スター〉、一二万トンで、救助へ赴こうとしたところ――」

かれは言葉を切ってこめかみへ指を当てた。マイクロコミュニケーターがなにかを伝えてきたからだ。一瞬間をおいて、なんだって、とつぶやく。

「早くいえ」林がせかした。

「信じられません」及川はこたえた。「付近を航行中のプレジャー・ボート〈第三黒龍丸〉が自発的に救助を試みていたそうですが……その船もやられました」

林はぽかんと口を開けた。

「いったい、なににだ」

「わかりません」及川はこたえた。「海洋交通局がすでにドローンを出しておりますし、第三管区海洋保安部が巡視船〈国府津〉と〈式根〉、そして〈穂高〉を急行させています」

「自衛隊は」林は星系軍の日系星系における特殊すぎる名を口にした。「巡視船だけでは手が足りないかもしれん」

「付近の救難部隊はすでに出動しました。無人救難艦P105も間もなく現場海域に到着します」

林はうなずいた。人類が地球上だけで争っていた時代とは違って、惑星上に配備されている星系軍の規模は小さい。無人救難艦が現場海域付近にあるというだけで大したものだ。まあN‐2の場合、N‐25大気圏外にある兵力も大したことはなく、なのにそれを維持するだけでも星系議会、いや朝野《ちょうや》をあげて大騒ぎになるという問題があった。現野党の民心主体党をはじめとする非主流派勢力が常に星系防衛計画への異論を唱えるからだ。かれらの主張は極端で、星系軍の保有すら否定し、ネイラムとの話し合いによる講和実現、先鋭的な一派に至っては地球連邦からの独立まで主張する有様であるから、話にもならない。おかげで星系軍宇宙部隊――N‐2航宙自衛隊の主力はハイゲート防衛にそのほとんどを吸い取られており、またその態勢も充分にはほど遠い。むろん、自由に動き回ることのできる機動戦力はごく少なかった。

唯一の救いは民心主体党が政権を再び得る可能性がないことだ。ネイラムとの開戦時、星系法のみならず連邦基本法すら理解しているかどうか疑わしくなる醜態をさらし、N‐2における連邦大議会決議批准《ひじゅん》を遅らせたのは、夢想的ともいえる公約を掲げて政権を得ていたかれらだからだった。だからこそなのか、かれらは日系星系の基本法として用いられている日本国憲法、その旧九条の復活まで唱えだしている（戦時中にだ）。これについてはさすがに星系軍の大規模派兵に及び腰の人々もあきれかえっていた。

「野党の動きは」林はたずねた。

「いつものとおり、〝プロジェクト・チーム〟を立ち上げたようです」及川はこたえた。

「これで何個目だ」

「三〇〇は越えてるとおもいます。連中、議席は三〇ないのに――これもいつものとおり、ローカル・メディアが好意的に扱ってます」

昔はマスコミと括《くく》られていた情報メディアの形態は多様化しているが、プロパガンダを目的したもの以外、大規模なものはごく少ない。といっても個人レベルで発信されるものが支配的なわけでもなかった。人類領域を覆うVネットには自動的な情報判定基準が導入されているからだ。情報の発信そのものには一切制限はないが、その情報としての信頼性、またそうしたものが明らかにされた目的は即座に判定され、利用時にはそれが常に表示されることになる。その有効性は明らかで、たとえば経済分野の伝統的メディアはこのシステムの登場によりほぼ崩壊した。ただし政治分野はそれほどでもない。多くの人々は政治を情動で捉えるからだ。N-2ローカルのメディアで露骨に民心主体党寄りのものが残っている理由はその点にある。

となるとあとはいつもどおり三田村首相の決断か、と林はおもった。無能ではないが、慎重居士《こじ》で、動きが鈍い。有事に向いた人物ではないのは確かだ。

「必要な人間を集めて対策を練らせるべきかと」じれたような声で及川はいった。

「派手にやりすぎるのはどうかな」林はこたえた。一応同意した形だ。といっても、かれは及川へ先にいわせることで、自分自身の責任は回避していた。

二人がそれ以上話をしている余裕はなかった。エレベータが地下二〇〇メートルに設けられた緊急事態対策センターに着いたからだった。

そこには巨大なディスプレイやライトに照らされた会議卓や制御卓といった古来から ぬ設備が備えられていた。すでにかけつけていた各省庁の職員たちは制御卓で配置についている。かれらは一様にＤＲグラスをかけており、自分が担当すべきものへと意識を集中していた。

だが、会議卓に着席すべき緊急事態担当の議員や官僚たちは違った。かれらは呆然とした表情を浮かべ、会議卓の中央に立体表示されている映像を見つめている。

「いったいなにを――」怒鳴りかけた林の声が途絶えた。かれもそこに映されているものを目にしたからだった。

及川はあわててそこを見た。胃が嫌な音を立てるのがわかった。

星系首都を流れる川の画像だった。水面が盛り上がっている。増水ではなかった。

なにかが遡上《そじょう》しているのだ。

「それであれを我々にどうしろと」柳田信幸地球連邦宇宙軍大佐は呆れたようにたずねた。かれがいるのはＮ‐２にある連邦施設のひとつ、連邦宇宙軍星系連絡部だった。軍隊に人気のない惑星だから普段はあまりはやらない場所だが、いまはなおさらだ。平成府の半分ほどに避難指示が出ているからだった。

「こちらの、連絡将校《ＬＯ》にとどまらない人間と接触したいそうだ」ブランコ・ミレティッチ准将《じゅんしょう》はこたえた。どこか暢気《のんき》な顔立ちの男で、眉毛の尻が下がっている。とても地球人類有数の戦闘民族には見えない。実はかれの父祖が暮らした土地では丸いにしろ細いにしろそうした顔立ちの者が多い。ちなみにミレティッチ自身は丸顔だった。

その意味では日本人（バーナード星系で生まれ育ったが）の柳田も似たようなものだ。顔立ちは先祖の出身地である栃木の農民そのもので、とてものこと、ついこのあいだまで連邦宇宙軍軽巡宙艦〈カンブリアン〉の艦長だったとはおもえない。

「LOじゃ済まないって、この惑星の連中はなにしてるんです」柳田はたずねた。「星系軍だってあるじゃないですか」

「星系軍――ジエイタイとかいう連中は出動していない。政府からの命令が出ないので動けないそうだ」

「その星系政府は？」

「会議をしてるな。この半日はど、会議ばかりしているそうだ。ミタムラ首相はすぐに緊急事態を宣言したが避難指示までが精一杯。そのあとは……ともかく会議だ。いまわかっている限りでも一〇以上。なかでもヤマネという学者を座長に据えた委員会がいちばんひどいそうだ。あれを――」

ミレティッチは立体動画でゆったりとした動きが示されている問題の存在を顎《あご》で示した。

「――まあその、それなりの研究ができるまで手を出すな、と。いやもちろん科学的には正しいが、社会的には狂ってる。星系政府も困っているそうだ」

「困っているだけで決定はしていないわけですか。だから星系軍へ出動命令すら出していない、と」

「野党とメディアも反対している。どうしてそういう判断になるのかわからないが、なにもかも経済政策が原因らしい」

「それは連邦も同じでしょう」

「だな。しかしこうした事態を想定した法律がないのまで経済政策のせいにするのはな」

柳田はため息をついた。デスク上に立体で表示されているものをちらりとみてつぶやく。

「人類領域のだれだって、こんなものを想定した法律なんか作っちゃいないとおもいますが——だからこそいざという時は組織を柔軟に動かせる法律を作っておくべきなのは確かですね」

立体動画はN‐2市街をのたのたと四つ足で歩む全長八〇メートルほどのトカゲじみたものを示していた。建物に邪魔されるのが嫌なのか交通道徳を守っているのか、道路の中央を進んでいる。逃げ惑う避難民の姿はない。法的に整っていた避難指示だけは手早く出されたからだ。車輌の姿もなかった。

「にしても、こういう時に使えそうな法を光電算機にかけて調べたりしなかったんでしょうか。穴などいくらでも見つかるでしょうに」

「そこに問題があってな」ミレティッチ准将はいった。「この星系のその、ありとあらゆる公的機関がいまどき信じられないことに〝これはできる《ポジティブ・》〟方式《リスト》で光電算機の法的判断規準を組んでいる。だから当然、全長八〇メートルもある得体の知れないものが街中をうろつくケースの対策など〝できること〟に含まれていないからなにもできないわけだ。むろんドローンぐらいは出しているが。それに、もともとこの星系軍は野党だのメディアだのから税金の無駄遣いだと目の仇《かたき》にされておるし、惑星内の兵力もごく小規模で、ほとんどがハイゲート防衛にあたっている」

「したくてもその能力がない、というのはわかりました」柳田はうなずいた。「しかしその政府はどうしてるんですか？」

「おなじなんだよ」ミレティッチはこたえた。「ただしもっと始末におえない。思考法そのものが〝これはできる〟になっている。それにあてはまらないものがでてきた場合は」

「〝それは自分の仕事じゃない〟、と？」

「堂々と胸を張ってそう主張する。それが正義だと信じている。恐れているのは〝仕事じゃない〟ことに手を出したときに受ける批判だけだ」

「強制指向誘導どころじゃない。本当の洗脳ってやつですな」

「かもな。なにが嬉しいのか、もともとそういう質の人間を集めている、とうちの光電算機が判定した。で、ある面で正しいがゆえあきらかに頭のおかしい一人をのぞく全員が

〝それは自分の仕事じゃない〟といいあっているわけだ。だものだから首相が音をあげて、我々に助けを求めてきた。あくまでも非公式に。公式にやると裏切り者扱いされるかららしい。N‐2も連邦の一部、そのはずなんだが」

「連邦代表部の判断は」

「貸しをつくるべきだ、と。この星系はむろん戦時体制への移行に熱心じゃないからな。で、この星系でいちばんこういう事態に向いている連邦宇宙軍士官を探したところ、くさっている貴様が選ばれた、というわけだ。俺のようにマイクロマシン除去がうまくいかず、前線へでられないわけじゃないんだから、やることができて嬉しかろう？」

柳田はどう応じたものか迷った。

現今、かれにとって最大の問題はまさにそこにあったからだ。皮肉なのは現状が大戦果を掲げたことによりもたらされたことだった。

N‐2星系にゲートアウトした時は違っていた。階級こそ中佐だったが、軽巡宙艦〈カンブリアン〉の艦長だったからだ。艦艇が常に不足しているといっていい地球連邦宇宙軍において、軽巡宙艦とはいえ有人艦の艦長という地位を与えられるのは幸運以上の扱いといっていい。

柳田と〈カンブリアン〉の任務は開戦後行方の知れなくなったネイラム第一氏族の航宙船、その一隻がN‐2星系のどこかに隠れているのではないか、と推測されたからだった。

常識で考えるなら植民星系の〝一等地〟であるN‐2における長期潜伏はむつかしい。しかしこの星系は主戦場である北方星域群とは遠く離れているため、星系軍の規模が小さく、動員ものろのろとしている。つまり捜索・警戒能力も不足しているということで、一度探してみるべきだという結論がでた。

結果からいえば地球連邦軍《FEAF》（連邦宇宙軍に各星系軍を加えた人類の有する軍事力すべて）統合幕僚本部《JCS》がおこなったその推測は正しかった。〈カンブリアン〉は小惑星群《ベルト》のとりわけ辺鄙《へんぴ》なあたりに隠れていたネイラム船をゲートアウトから一ヶ月ほどで発見したからだ。大加速用推進剤をほとんど消耗していたとあってはそれも当然だった。かりに〈誓約〉命令を受け取っていて、N‐2の首星であるN‐25への突入を図っても、よほど時間をかけないと近づくことすらできないし、そもそも遠距離で探知されてしまう（N‐2自衛隊は法的な制約を多く受け、規模も小さいが、〝これはできる〟とされた点についての能力は高い）。

こうして柳田は大戦果をあげることとなった。小惑星がごろごろしている宙域だからこそ簡単に発見できたネイラム船の死角から接近し、陸戦隊を突入させ、これを拿捕《だほ》したのである。捕らえられたネイラム船は探査船であったのも大きかった。装備されたセンサーや様々な研究データからネイラム第一氏族の先端技術を摑むことができるからだった。

かくして柳田中佐は軍昇任順位で二〇〇人ほどを追い抜いて大佐へと昇進することにな

った。ここまではいい。

問題だったのは〈カンブリアン〉のような、最新鋭とはいえない軽巡宙艦の艦長を大佐にしておくわけにはいかず、N‐2の連邦宇宙軍人事局出張所には前線に出たくてたまらない若手士官たちがとぐろをまいていた点だった。柳田は一〇名ほどの、退役の近い部下と共に艦を降ろされ（まさかこれまで自分のフネだったものに便乗者として乗っているわけにはいかない）、とりあえずの整備を終えたあと、バーナード星系に向けて発進する〈カンブリアン〉をN‐25の地上から見送るハメになった。大戦果をあげたが故に、連邦宇宙軍将兵がいうところの〝島流し〟、その憂き目を見たのだ。

「命令ならば否応はありませんが」柳田はいった。「連邦レベルでの、なにをしてはいけ《ネガティブ・》ないの《リスト》かだけははっきりさせて貰わないと。この惑星じゃ一般待機命令《GWO》を根拠にするわけにもいかんでしょう」

「ああ、法的には可能だが、あとを考えるとまずい。代表部の法務官も一般待機命令に基づいた行動は可能だという意見だが、代表《レプリゼンティテヴ》はやめてくれというとる」

柳田はうなずいた。

誰もがハイリゲンシュタットをおもいだしてしまうだろう一般待機命令へ頼るわけにはいかないのは理解できる。それはN‐2のような星系の民心を連邦からさらに遠ざけることになるだろう。なにしろあの事件のおかげで、人類の三分の一はいまだに国場中将を虐殺者と罵っている。半数は勇者に対してしか暴力をふるわない魔王のようにおもっていたが。だからこそ大将へ昇進させるには問題がありすぎると連邦大議会が考えがちなかれを政界へかつぎだそうとする動きがあるのだ。まあその背後には細君の実家であるノイエス・ドイッチェラントのドルンベルガー家が関わっているらしいから、ただ能力を評価されたというだけではないのかもしれないが。

ともかく、いらぬ反感を買いたくないという理由から以前は高等弁務官と呼ばれていた〝連邦大使〟について代表という役職名を用いているようないまの連邦が一般待機命令について肯定的な判断をくだすはずがない。かつて国場が得られたような幸運を柳田は与えられないのだ。

「ともかくだ、気をつけろ、としかいえん」ミレティッチはため息とともにいった。「しかしこの惑星とその周辺にいる連邦宇宙軍戦力、一個訓練大隊と一個艦載艇中隊、衛星等々、もちろん貴様が必要とする星系連絡部の機能すべてを指揮下においてよろしい」

「有り難いですが、そこまで手配してあとで問題になりませんか」

「かまわん」ミレティッチはにやりとした。「俺は人類へ奉仕するために軍に入隊したのだ。驚くべきことに、洗脳を受ける前からな」

細かいことはどうでもいい。ともかくそれはあらわれた。なんだかよくわからないがいるものはいるのである。

それは川を遡《さかのぼ》り、市街に上陸し、建物を押し崩すのが面倒だったのか、やはり交通道徳を守る必要を感じたのか、道の中央をのたのたと進んだ。全長は八〇メートルほど。周囲にはバルーン・アイやドローンが飛び回っている。一攫千金《いっかくせんきん》の機会とばかりに、身体中にカメラを貼り付けてドローン撮影より〝実感のある〟映像を撮ろうと現場へあらわれる者たちもいる。Vネットに流されているものを見ると、プロのものと素人のものが入り混じっていた。

と、一番それに近づいて撮影していた立体映像がいきなり途絶えた。どうやら踏みつぶされたらしい。

一方、市民たち、そのうちまともな感覚を持った者たちには被害がない。N‐2警視庁（首府警察）の交通規制と避難勧告が出たとたん、自走路の上で向きを変えたからだ。車輌の渋滞もほとんどない。警視庁は府内の一般車輌すべての光電算機をスレイブ化においてとりあえず危険地域とされた、あれから一〇キロ圏内からすべての車輌を退避させつつあるからだった。むろん、危険が存在すると知り、あえてそこに向かった者たちについてはどうにもならない。

緊急事態対策センター（設備だけは立派だ）に通された柳田は最初、なにをいわれたかわからなかった。当然だ。オイカワとかいう官僚だか議員だかよくわからない余裕のない顔つきの男は標準日本語を用いたからである。かれは険しい顔をしてなにか叫んでいれば物事が前に進むと信じているようだった。

「すいませんが」柳田は遮《さえぎ》った。「自分は血統的には日本人ですが、バーナード育ちなので融合英語でお願いします」

オイカワは面食らった顔になり、

「連邦なにするつもりあるか教えろ」

といった。むろん今度は柳田が面食らう番だ。なんでこんな男が出てきたのかとおもって光電算機に確認すると、会議卓を囲んでいる、懸命に知らん顔してる面子《メンツ》の一人がかれの親分格であるハヤシという男だとわかった。要するに逃げたわけだ。

(だめだこれ)

柳田はおもった。何人かはこのままではいけない、とおもっているのがわかる。星系軍制服組トップの統合幕僚本部長など、表情こそ凍りついたように動きがないが、クーデターでもおこしかねない目つきだ。しかしかれらは全員が法に縛られている。いやそれ自体は間違っていないのだが、ともかくそれはいまかれらの市民を危険にさらす原因にもなっている。

「あなたをお呼びしたのは、あくまでも首相個人の、非公式ものでして」オイカワのかわりにやってきた官僚がきれいだが妙に甲高い響きの融合英語を使ったので柳田はほっとした。しかしその男はまた別の意味で難物だった。

「用件はなんでしょう」柳田はしらじらしくたずねた。「それすらわかっていないのですが」

「それは、その、首相個人の」

「で、その首相閣下は？」

「現在、別件で席を外しておられます」官僚は妙に背もたれの高い、主のいない席を示した。

あ、と柳田は確信した。

これは罠《わな》なのだ。連邦宇宙軍が強引に事態へ介入してしまえば『連邦に逆らえるはずがない』という理由で政権の求心力を維持できる。なにもしなければ『連邦は頼りにならない』という理由で同様の効果を見こめる。うまいといえばうまいが、それはこの惑星で起きている事態で生じる被害を考えなければ、だ。

「無責任ですな」柳田は切り捨てるようにいった。「用件だけでもはっきりしていただかないことには、進むことも退くこともできません。即座に首相閣下へ確認していただきたい」

乱暴なようでいて、かれの口にした内容にも計算がある。連邦がどうのこうのという前に、N‐2側に過失があると決めつけることで動いた場合の正当性を確保したのだ。

しかし街路にはあいかわらずのたのたと動く得体のしれないものが混乱と破壊と、ほんのすこしの死を引き起こしていた。いつまでも人間だけのゲームをプレイしてはいられない。

こいつでいいか、柳田は目の前の官僚を標的として定め、いった。

「あなたでよろしい、首相閣下に確認してください」

精神的奇襲をうけた官僚は顔を引きつらせ、汗を浮かべた。

「そ、それはわたしの仕事では、た、担当者を」

「では担当者を」

「それもわた、わたしの仕事ではありませんので、ど、どこにいるかは」

「では、あなたはなぜここにおられるのか」

「いやそれは、せ、説明を」

「もっとも重要な説明がない。用件はなんなのかについて。つまりあなたの仕事だ」

「ち、それは、内規で、内規が」

「わたしは内部の人間ではない」

「そ、そのような意味では！」

「意味などどうでもよろしい。自分の職務を果たすつもりはないのですね？」

「わわわ、わた、わたし、わ、し、仕事仕ごご」

官僚はまともに言葉を発することもできなくなった。とうとうその場に座りこんで、なぜか自分の出身大学について叫びはじめ、ばかばかだと繰り返しはじめたため、何人かの男女によって無理矢理運び出されていく。この程度で錯乱状態に陥るようではもう駄目だろう。まあ、その程度の者を採用していた政府の責任ともいえるが。

柳田は声を大きくしていった。

「首相閣下は不在、また呼び出された用件の説明もできない——すなわちN‐2星系政府はこの事態について対処する意思を持たないものと自分は判断します。よって自分は連邦基本法並びに連邦宇宙軍法に基づき、連邦市民を守るための行動を独自にとるよりありません。なおここまでのやりとりはすべて記録されており、この事件解決後、連邦基本法にもとづいてすべてがVネット上で公開されます」

呻き声があちこちで漏れた。青ざめている者たちもいる。柳田はその中から動きたくても動けないだろう者たちを見ていった。

「むろん、法に従うが故に動きたくても動けない方々が多数おられる点については報告の際に自分からも意見を付け加えるつもりでおります」

反応はない。柳田は小さくため息をつき、マイクロコミュニケーターで指揮下に置かれた訓練大隊の指揮官を呼び出した。

『JJよりMG。送れ』

『MG受信』即座に返信があった。訓練大隊だからか、女性の声だ。

『我々はN-2星系における緊急事態にかんがみ、連邦市民への奉仕《サーヴィス》として緊急災害派遣を実施する。あくまでも災害派遣出動だ。確認しろ、MG』

『MGよりJJ。確認しました。送れ』

『よろしい。いっそ酸素破壊弾でも使うか』

『まあ、なんてロマンチックな。対処策について意見があります、JJ』

『いってみろ』

『ウチの若い者が、あれは慣性恒温性《ジャイガントサーミー》ではないかと』

『なんだそりゃ』

『体温調節能力がないということです。サーモグラフィー分析では内部にほぼ一定の熱があるとわかりましたが、上陸後さほど変化はありませんし。で、この惑星の研究者が面白いことをVネットでいっておりまして』

『短く』

『セリザワとシゲサワというクローンのように良く似た二人が、あれを熱でどうにかできる可能性がある、と。こちらでもシミュレーションをおこないました。有望です』

『燃焼剤でもぶっかけて燃やすのか』

『生き物は普通、いきなり高熱に触れると暴れますよ、JJ』

『つまり――』

『ええ、そうです』


半日後、ミレティッチ准将は戻ってきた柳田の顔を見るなりげらげらと笑い始めた。柳田はしばらく我慢していたが、やがて自分も笑いだす。

「なんだあれは」ミレティッチは背筋を震わせつついった。「あんなので終わりか」

「体温調節能力のない生き物は温度変化に弱いですからね」柳田がこたえた。「じゃあやっちゃえ、ということで」

「だから液体窒素《ちっそ》か。体温調節できないなら熱でも良かったんじゃないのか？」

「生き物は暑すぎた場合ぐったりしますが、まあ、動きはしますし、熱はなにかと駄目にしますしね。一方、寒すぎると動きが鈍くなるのが基本なわけで。今回はその方が市民に対する損害は少なかろうと。周辺からの避難だけは徹底したあとでやりましたので酸素欠乏症に見舞われた者もおりませんし」

「この星系の公的機関を使ったのもうまい手だった」

「危険物の大量輸送を星系軍に連邦基本法のみならず星系法上でも問題のない一般的な輸送業務についての協力として依頼し、その警備を警察に頼んだだけです。むろん液体窒素もここのメーカーの協力で入手しましたし。このあたり、入念に広報をお願いいたします」

ミレティッチは笑いをさらに大きくした。星系政府は恥をかいたかもしれないが、現場にいる者と市民の顔はしっかりと立てたことになるからだ。兵士と警官と市民を味方につけた者にはだれも抵抗できない。たとえこの星系の政治家と官僚でもだ。メディアだけは別だろうが。

五分ほどのち、ようやく笑い収めたミレティッチは真面目な顔でたずねた。

「それで、気づかれなかったのか」

「おそらく」柳田はこたえた。「いずれわかってしまうでしょうが、その頃には大した問題ではなくなっているでしょう」

全長八〇メートルもある化け物がこの惑星にもともと生息していたはずがない。つまりどこからか持ちこまれたものだということだ。

ミレティッチと柳田には、あれが拿捕したネイラム探査船が一種のテロ攻撃用にカプセルかなにかでこの惑星へ送りこんだ生体兵器なのだと早い段階で見当をつけていた（残されていた記録を分析していたのだから当然だ）。もちろんこうなると知っていたわけではない。なにかおこなわれたのではないか、という星系政府に警告もできないレベルの可能性について検討していただけだ。

むろんあれは最初から大きかったわけではないだろう。惑星表面に打ちこまれたあと、環境にあわせて急速に巨大化したに違いない。そうなるように作られていたはずだ。

もちろんそれ自体はＮ‐２が防衛力整備をさぼりすぎていたことが原因だ。Ｎ‐25周辺に充分な防備態勢が構築されていればカプセルがひそかに着水することもなかったはずだからだ。

だがその点については持ちださないと二人は、そして連邦代表部は決めている。つまり地球連邦上層部も（よほどのことがないかぎり出先の軍と代表部が法的な配慮をしたうえで一致させた意見は追認される）。Ｎ‐２の生産力と星系軍には今後のネイラム戦で役にたってもらわねばならないからだ。それに、このあたりが表にでると連邦も叩かれかねない。それよりは柳田について、Ｎ‐２を二度救った英雄としておく方がみんな幸せなはずだった。

「まあ、うまくいったな」ミレティッチは立体画像が表示されている壁を顎で示した。そこにはミタムラ首相は数日以内に辞任の見こみだとある。

「そうですね」柳田はうなずいた。と同時に、ちょっと気になることもありますが、とつけくわえる。

「なんだ？」ミレティッチはたずねた。

「ネイラムの探査船は立派なものでした」柳田はこたえた。「そんな船が、たった一匹だけを落として済ませますかね？」

「つまり？」

「あれが最後の一匹だとはとてもおもえないんですが」

柳田は正しかった。むろんこの後に起こったあれこれは、N‐2を連邦へ協力的にすることについて、大いに役立つこととなる。

なお、この事件によってもっとも損害を被ったのはいまだ地球の、日本列島にその本拠を置いている古いヴィジュアル・エンターテイメント製作会社だったかもしれない。その会社では二四〇年ほど昔に始まった幻想の怪物について扱う作品、その末裔《まつえい》を未だに製作しており、最新作の全人類領域公開を間近に控えていた。しかしN‐2だけはさすがにまずいだろうという話になり、Vネット配信がほぼ一年遅らされることとなったのである。

「宇宙軍陸戦隊」『地球連邦の興亡1』（二〇一五年九月　中公文庫）収録の短篇
「救難任務／泥森の罠」を全面改稿・大幅加筆し長篇化

「攻撃目標G」　書き下ろし

中公文庫

宇宙軍陸戦隊《うちゅうぐんりくせんたい》
──地球連邦《ちきゅうれんぽう》の興亡《こうぼう》

2017年5月25日　初版発行

著　者　佐藤《さとう》 大輔《だいすけ》

発行者　大橋 善光

発行所　中央公論新社
〒100-8152　東京都千代田区大手町1-7-1
電話　販売 03-5299-1730　編集 03-5299-1890
URL http://www.chuko.co.jp/

DTP　柳田麻里
印　刷　三晃印刷
製　本　小泉製本

Published by CHUOKORON-SHINSHA, INC.
Printed in Japan　ISBN978-4-12-206406-5 C1193

STORY

鉄をも溶かす《炎の魔法》、密室に現れる人魂、過酸化水素水を用いた爆破予告、青酸カリによる毒殺、そしてコンプライアンス違反を訴える大学での内部告発など、今日もMr.キュリーこと沖野春彦准教授を頼る事件が盛りだくさん。庶務課の七瀬舞衣に引っ張られ、嫌々解決に乗り出す沖野が化学的に導き出した結論とは……!?

中公文庫

大好評
大人気シリーズ
第三弾！
喜多喜久
イラスト／ミキワカコ
Yoshihisa Kita
化学探偵
Mr.《ミスター》キュリー3
無色透明、無味無臭。だが、
死因が特定できない
《毒》がある。それは――？
STORY
体調不良を引き起こす呪いの藁人形、深夜の研究室に現れる不審なガスマスク男、食べた者が意識を失う魅惑の《毒》鍋。次々起こる事件を、Mr.キュリーこと沖野春彦と庶務課の七瀬舞衣が解き明かす――が、今回沖野の前に、かつて同じ研究室で学び、袂を分かった因縁のライバル・氷上が現れた。彼は舞衣に対し、沖野より早く事件を解決してやると宣言し!?
中公文庫

桐島教授の研究報告書

喜多喜久

Professor Kirishima's
Research Report
Yoshihisa Kita

テロメアと吸血鬼の謎

先生は今、ただの
可愛い女の子なんですよ!
犯人は、ちゃんと話を聞いてくれるんですか!?

STORY

拓也が大学で出会った美少女は、日本人女性初のノーベル賞受賞者・桐島教授。彼女は未知のウイルスに感染し、若返り病を発症したという。一方、大学では吸血鬼の噂が広まると同時に拓也の友人が意識不明に。完全免疫を持つと診断された拓也は、まず桐島と吸血鬼の謎を追うことになり!?　〈解説〉佐藤健太郎

イラスト／もか

中公文庫

中公文庫既刊より

各書目の下段の数字はISBNコードです。978－4－12が省略してあります。

さ-60-1
皇国の守護者1　反逆の戦場　佐藤大輔
氷雪舞う皇国北端に帝国軍怒濤の侵攻が。潰走する皇国軍の殿軍を担う兵站将校・新城中尉の戦いは⁉　真の「救国の英雄」の意義を問う大河戦記、堂々開幕！
205791-3

さ-60-2
皇国の守護者2　勝利なき名誉　佐藤大輔
皇国北領に陥落の時が迫る。残された将兵が海路撤退するまであと二日。帝国軍の侵攻を食い止めるべく、新城大尉率いる剣虎兵大隊が決死の後衛戦闘に臨む！
205828-6

さ-60-3
皇国の守護者3　灰になっても　佐藤大輔
帝国軍上陸部隊の猛攻に後退する皇国軍。弱兵の近衛鉄虎兵大隊を率いる新城少佐は、波打ち際の最前線に血路を拓くが⁉　書き下ろし短篇「職業倫理」を収録。
205870-5

さ-60-4
皇国の守護者4　壙穴《はかあな》の城塞　佐藤大輔
皇都への街道を扼する未完の要塞〈六芒郭〉に拠った新城支隊九千名は、大地を覆う〈帝国〉東方鎮定軍の猛攻に曝されるが。書き下ろし短篇「新城支隊」収録。
205905-4

さ-60-5
皇国の守護者5　英雄たるの代価　佐藤大輔
敵国の美姫を伴い皇都に凱旋した新城を待ち受ける大衆の歓呼と蠢く陰謀……束の間の平穏を帝国軍の冬季攻勢が打ち破る！　書き下ろし短篇「島嶼防衛」収録。
205957-3

さ-60-6
皇国の守護者6　逆賊死すべし　佐藤大輔
帝国軍の反攻に崩壊寸前の虎城戦線。雪の要害に迫る帝国猟兵を迎え撃つ近衛少佐新城の決断とは⁉　書き下ろし短篇「お祖母ちゃんは歴史家じゃない」を収録。
205991-7

さ-60-7
皇国の守護者7　愛国者どもの宴　佐藤大輔
国を滅ぼすのは逆賊か、それとも愛国者なのか？　凱旋式の背後で、五将家の両雄そして皇室をも巻き込む暗闘が。書き下ろし短篇「新城直衛最初の戦闘」収録。
206036-4

さ-60-8
皇国の守護者8 楽園の凶器
佐藤大輔
凱旋式直後の皇都に軍靴の響きが。玉体を手中にした蹶起軍は市街を制圧。近衛中佐新城に抗する術はあるか⁉ 書き下ろし短篇「我らに天佑なし」収録。
206076-0

さ-60-9
皇国の守護者9 皇旗はためくもとで
佐藤大輔
聯隊に復帰した近衛中佐新城直衛は皇宮突入を下命。皇都を叛乱軍が制圧する中、逆賊殲滅に向かう新城の秘策とは⁉ 書き下ろし中篇「猫のいない海」収録。
206114-9

さ-60-10
地球連邦の興亡1 オリオンに我らの旗を
佐藤大輔
人類の存亡を懸けた第一次オリオン大戦が終結。だが戦後処理への不満は増大し、植民惑星に内乱の危機が……。書き下ろし短篇「救難任務／泥森の罠」収録。
206167-5

さ-60-11
地球連邦の興亡2 明日は銀河を
佐藤大輔
第一次オリオン大戦の〝英雄〟永井と南郷は終戦後の不況に苦しむ〈凍れる惑星〉リェータに降り立つが、既に住民の不満は沸騰寸前に……。SF巨篇第二弾！
206194-1

さ-60-12
地球連邦の興亡3 流血の境界
佐藤大輔
クローン排除と地球連邦の支配からの脱却を掲げる自由市民同盟の活動は過激化し、ついにデモ隊が平和と流血の境界を踏み越える！ SF巨篇いよいよ佳境。
206348-8

さ-60-13
地球連邦の興亡4 さらば地球の旗よ
佐藤大輔
宇宙港に集結した避難民一六万、包囲する暴徒一〇〇万。懸命の脱出作戦のさなか爆音が轟き、凍れる惑星は殺戮の大地へ！ ミリタリーSFの金字塔、完結‼
206387-7

た-85-1
煌《こう》夜《や》祭《さい》
多崎礼
ここ十八諸島で、冬至の夜、語り部たちが語り明かす「煌夜祭」。今年も人と魔物の恐ろしくも美しい物語が語られる。読者驚愕のデビュー作、ついに文庫化！
205795-1

く-23-1
ヴェアヴォルフ オルデンベルク探偵事務所録
九条菜月
20世紀初頭ベルリン。探偵ジークは長い任務から帰還した途端、人狼の少年エルの世話と新たな依頼を押し付けられる。そこに見え隠れする影とは……。
205829-3

各書目の下段の数字はISBNコードです。978―4―12が省略してあります。

う-33-1
ドラゴンキラーあります
海原育人

早撃ちの名手だがしがない便利屋のココと、竜を殴り殺すほどの力を持つのに気弱なリリィ。凸凹コンビのハードボイルド登場！　書き下ろし短篇も収録。

205867-5

な-63-1
翡翠の封印
夏目翠

政略結婚で北方の新興国に嫁いだ王女セシアラ。ある「力」を持ち、悲壮な覚悟で嫁ぎ先に赴いた彼女を待っていたのは、奔放に生きる少年王だった。

205907-8

か-68-22
スカーレット・ウィザード1
茅田砂胡

海賊王の異名を持つケリーに巨大財閥の総帥ジャスミンから仕事の依頼が。だが、出されたものは『婚姻届』だった――？　かなり異色な恋愛小説が文庫で登場！

205956-6

か-68-23
スカーレット・ウィザード2
茅田砂胡

行方不明の輸送船の捜索にジャスミンがクインビーで飛び出した。が、そのクインビーが暴走を！　誰もが恐怖に凍る絶望的状況にケリーはひとり不敵に笑う。

206003-6

か-68-24
スカーレット・ウィザード3
茅田砂胡

ケリーが総帥代理となった途端、奇妙な事故は多発し重役連中は露骨な抱きこみ工作を開始。さらには海賊時代の過去を知る男までが出現。事態は急展開に！

206121-7

か-68-25
スカーレット・ウィザード4
茅田砂胡

阿呆海賊が触れてはならない男の過去を踏みにじった。ケリーの左眼が琥珀色に輝く。――もう誰にも止められない！　この空域の船は残らず消滅する！

206191-0

つ-6-13
東海道戦争
筒井康隆

東京と大阪の戦争が始まった!!　戦闘機が飛び、重装備の地上部隊に市民兵がつづく。斬新な発想で現代を鋭く諷刺する処女作品集。〈解説〉大坪直行

202206-5

つ-6-14
残像に口紅を
筒井康隆

「あ」が消えると、「愛」も「あなた」もなくなった。ひとつ、またひとつと言葉が失われてゆく世界で、執筆し、飲食し、交情する小説家。究極の実験的長篇。

202287-4

つ-6-17 **パプリカ** 筒井康隆
美貌のサイコセラピスト千葉敦子のもう一つの顔は、男たちの夢にダイヴする〈夢探偵〉パプリカ。人間心理の深奥に迫る禁断の長篇小説。〈解説〉川上弘美
202832-6

つ-6-20 **ベトナム観光公社** 筒井康隆
新婚旅行には土星に行く時代、装甲遊覧車でベトナムへ戦争大スペクタクル見物に出かけた。戦争を戯画化する表題作他初期傑作集。〈解説〉中野久夫
203010-7

つ-6-21 **虚人たち** 筒井康隆
小説形式からその恐ろしいまでの〝自由〟に、現実の制約は蒼ざめ、読者さえも立ちすくむ、前人未到の長篇問題作。泉鏡花賞受賞。〈解説〉三浦雅士
203059-6

つ-6-23 **小説のゆくえ** 筒井康隆
小説に未来はあるか。永遠の前衛作家が現代文学へ熱きエールを贈る「現代世界と文学のゆくえ」ほか、断筆宣言後に綴られたエッセイ100篇の集成。〈解説〉青山真治
204666-5

つ-6-24 **アルファルファ作戦** 筒井康隆
老人問題への温かい心情を示した表題作はじめ、著者の諷刺魂が見事に発揮されたSF集――おとなの恐怖と笑いに満ちた傑作九篇。〈解説〉曽野綾子
206261-0

も-25-2 **ナ・バ・テア None But Air** 森博嗣
周りには、空気しかない。飛ぶために生まれてきた僕は、空でしか笑えない――戦争を仕事にする子供たちの物語、スカイ・クロラシリーズ第一巻。〈解説〉よしもとばなな
204609-2

も-25-3 **ダウン・ツ・ヘヴン Down to Heaven** 森博嗣
戦闘中に負傷し、いつしか組織に守られる立場となった自分になじめぬまま入院生活を送る「僕」の前に「彼」が現れた。スカイ・クロラシリーズ第二巻。〈解説〉室屋義秀
204769-3

も-25-5 **フラッタ・リンツ・ライフ Flutter into Life** 森博嗣
いつか、飛べる。また、いつか……濁った地上を離れ、戦闘機パイロットとして永遠を生きる「僕」が知った秘密とは。スカイ・クロラシリーズ第三巻。〈解説〉荻原規子
204936-9

各書目の下段の数字はISBNコードです。978－4－12が省略してあります。

も-25-7
クレィドゥ・ザ・スカイ Cradle the Sky
森 博嗣
僕は彼女の車で地を這う。二度と空には戻れないと予感しながら。コクピットには謎めいた逃避行の先に待つものは。スカイ・クロラシリーズ第四巻。〈解説〉押井 守
205015-0

も-25-1
スカイ・クロラ The Sky Crawlers
森 博嗣
戦闘機乗りの「僕」の右手は、ときどき、人を殺す――永遠の子供《キルドレ》を巡る物語、終幕。スカイ・クロラシリーズ、一冊目にして堂々の完結篇。〈解説〉鶴田謙二
204428-9

も-25-8
スカイ・イクリプス Sky Eclipse
森 博嗣
陸、海、空。彼らはこの世界で生き続ける――スカイ・クロラシリーズ、最初で最後の短編集。永遠の子供《キルドレ》たちの叙事詩《サーガ》に秘められた謎を解く鍵がここに。〈解説〉杉江松恋
205117-1

も-25-9
ヴォイド・シェイパ The Void Shaper
森 博嗣
世間を知らず、過去を持たぬ若き侍。彼は問いかけ、思索し、剣を抜く。強くなりたい、ただそれだけのために。ヴォイド・シェイパシリーズ第一作。〈解説〉東えりか
205777-7

も-25-10
ブラッド・スクーパ The Blood Scooper
森 博嗣
立ち寄った村で、庄屋の「秘宝」を護衛することになったゼン。人を斬りたくない侍が、それでも刀を使う理由とは。ヴォイド・シェイパシリーズ第二作。〈解説〉重松 清
205932-0

も-25-11
スカル・ブレーカ The Skull Breaker
森 博嗣
侍の真剣勝負に遭遇、誤解から城に連行されたゼンを待つ、思いがけぬ運命。若き侍は師、そして己の過去に迫る。ヴォイド・シェイパシリーズ第三作。〈解説〉末國善己
206094-4

も-25-12
フォグ・ハイダ The Fog Hider
森 博嗣
ゼンを襲った山賊。用心棒たる凄腕の剣士は、ある事情を抱えていた。「守るべきもの」は足枷か、それとも……。ヴォイド・シェイパシリーズ第四作。〈解説〉澤田瞳子
206237-5

も-25-13
マインド・クァンチャ The Mind Quencher
森 博嗣
突然の敵襲。絶対的な力の差を前に己の最期すら覚悟しながら、その美しさに触れる喜びに胸震わせ、ゼンは剣を抜く。ヴォイド・シェイパシリーズ第五作。〈解説〉杉江松恋
206376-1